AF358941

NOUVELLE MÉTHODE

DE

PLAIN-CHANT.

NOUVELLE MÉTHODE

DE

PLAIN-CHANT

A L'USAGE

DES ÉCOLES PRIMAIRES,

Par N.-F. PRINGUEZ, ancien Chantre.

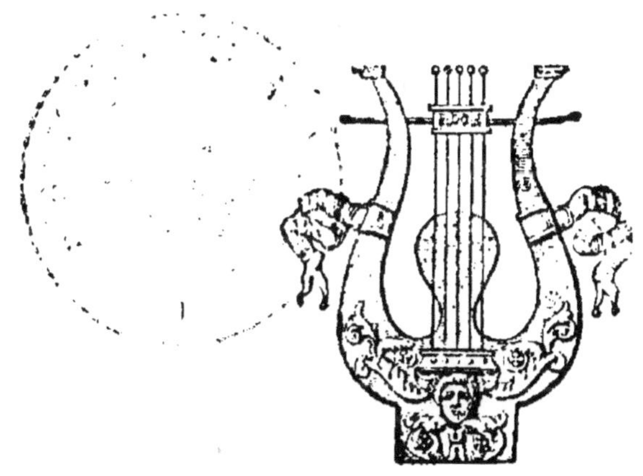

AMIENS.

Typographie de CARON ET LAMBERT,

Successeurs de Caron-Vitet.

1847.

PRÉFACE.

A une époque où tous les efforts tendent à populariser le *Chant Ecclésiastique*, où plus de 30,000 exemplaires de livres notés sont répandus dans le Diocèse, aujourd'hui surtout, que le chant fait essentiellement partie des connaissances exigées pour diriger une école, nous avons cru opportun, utile et même nécessaire de rédiger cette méthode élémentaire de *Plain-Chant*, et de l'établir à un prix très-minime, afin de la rendre accessible aux plus modestes fortunes.

Ce n'est pas pourtant qu'il manque de Méthodes de Plain-Chant; au contraire, il en existe plusieurs de mérites différents. L'une d'elles, notamment, se distingue par la profondeur de l'érudition, par la clarté des règles qui y sont exposées, avec une logique, une lucidité, un talent incontestables, qui dénotent, dans l'auteur, une connaissance et des études approfondies de la matière. Mais, toutes ces Méthodes, quelque bonnes, quelque bien traitées qu'elles soient, sont trop étendues, et conséquemment trop coûteuses pour être mises entre les mains des élèves qui fréquentent nos écoles primaires.

Dans cet ouvrage, puisé aux sources les plus authentiques, nous avons eu soin d'élaguer tout ce qui n'est pas d'une absolue nécessité, et nous nous sommes appliqué à réunir, dans un cadre resserré, avec autant de précision, de clarté qu'il nous a été possible, tous les éléments propres à inculquer facilement dans l'esprit des élèves, les principes du *Chant Grégorien*, en usage dans toute la catholicité.

Le plan que nous avons adopté, fait de notre Méthode un livre classique. Pour lui donner plus d'attrait, nous avons placé en tête une curieuse Notice historique sur l'origine du Plain-Chant; le texte est éclairci par des notes explicatives, et l'ouvrage est terminé par un Questionnaire général.

Pour les Maîtres, nous indiquons la marche certaine à suivre dans l'enseignement de cette science; pour les Élèves, nous donnons des Exercices concis, gradués et appropriés à leur jeune intelligence; enfin, rien n'a été négligé pour faciliter la tâche des uns, et épargner des peines aux autres. Nous sommes persuadé qu'en suivant les principes que nous avons réunis, établis, coordonnés, on arrivera, en peu de temps, à de beaux et solides résultats.

Heureux, si notre travail peut inspirer, aux enfants, le goût du chant sacré, et ramener les Fidèles à chanter les louanges de Dieu, avec plus d'ensemble, d'harmonie et de recueillement. Tel est notre but : ce sera pour nous une bien douce satisfaction, si nous pouvons l'atteindre, et c'est la seule récompense que nous ambitionnons.

NOUVELLE MÉTHODE

DE

PLAIN-CHANT.

HISTORIQUE DU PLAIN-CHANT.

1. — On peut considérer le *Plain-Chant* comme un précieux reste de l'ancienne musique grecque. Les Chrétiens l'introduisirent dans leurs églises et l'appliquèrent aux Psaumes. Il n'est rien de plus noble, de plus élevé que cette musique majestueuse par laquelle l'homme transmet à l'Éternel ses supplications et ses louanges.

Les temps les plus reculés ont eu leur musique religieuse. Les Hébreux ne chantaient-ils pas les sublimes Cantiques de Moïse, de Débora, de David, de Judith, des Prophètes? David ne se borna pas à écrire les Psaumes, il établit des chœurs de chantres et de musiciens.

A la naissance du christianisme, le chant fut admis dans l'Office divin, et les solennités de l'Église en reçurent un éclat et une pompe vraiment dignes de leur but.

Saint Augustin dit que l'impression qu'il ressentit de l'audition de la musique religieuse fut immense : « Combien je versai de pleurs, » dit-il; quelle violente émotion j'éprouvai, Seigneur, en entendant » dans votre Église, chanter des Hymnes et des Cantiques à votre » louange! En même temps que ces sons touchants frappaient mes » oreilles, votre vérité coulait par eux dans mon cœur; elle excitait » en moi les mouvements de la piété. »

L'invention du Plain-Chant appartient à saint Athanase, qui en introduisit l'usage dans l'Église d'Alexandrie, vers 360.

L'archevêque de Milan, saint Ambroise, mort en 397, y apporta des modifications et en formula les règles. De là vient le nom de chant *Ambroisien*, qui n'est presque plus en usage que dans les églises de Milan.

Vers la fin du cinquième siècle, le pontife saint Grégoire voulut rendre au culte divin son ancienne splendeur; il s'entoura d'hommes habiles, et lui-même, très-expérimenté dans cette spécialité, s'appliqua à l'amélioration du Plain-Chant. Il le rétablit d'après les théories de Boèce, patricien romain qui, récemment, venait de rendre populaires chez les Latins les règles difficultueuses du chant grec.

Ce saint Pontife établit dans Rome une école de chant, divisée en deux habitations; l'une placée près de l'escalier de Saint-Pierre, au

Vatican, et l'autre près du Patriarchat, au Palais Apostolique de Saint-Jean-de-Latran ; et il affecta à ces deux établissements des revenus nécessaires à leur entretien. Ce fut dans la seconde que le prélat lui-même instruisait les jeunes élèves. La postérité récompensa le zèle de saint Grégoire, en désignant par l'épithète de *Grégorien* le chant ecclésiastique qu'il a perfectionné, rétabli, ravivé, et auquel il a donné la physionomie qu'il conserve à Rome et dans la plupart des Églises de la chrétienté.

L'école établie à Rome, brilla pendant plusieurs siècles après la mort du saint pontife, et produisit un grand nombre de chantres qui propagèrent en Angleterre, en Allemagne, en France, le chant grégorien, qui fut appelé *romain*, à cause de son origine.

Au commencement du neuvième siècle, l'empereur Charlemagne demanda au pape Adrien 1er., des hommes pour corriger le chant français, et le pontife lui donna deux chantres très-savants, Théodore et Bénédict. Il lui fit présent, en outre, de livres notés par saint Grégoire en notes romaines. Charlemagne envoya l'un de ces chantres à Metz, et l'autre à Soissons, ordonnant à tous les maîtres de chant des villes de France, de leur donner à corriger les livres français. On corrigea ces livres que chacun avait mutilés, changés, augmentés à sa guise, et les chantres français apprirent le chant romain qui fut alors appelé *chant français*. Charlemagne, qui composa l'hymne *Veni, Creator*, prit tous les soins possibles à former de bons musiciens.

Le roi Robert, qui régnait en l'an 1000, se livrait aussi avec beaucoup d'ardeur à ce genre de composition. Il a laissé plusieurs Répons et des Antiennes que l'on admire encore comme précieux morceaux de musique d'église.

Jusqu'à la fin du dixième siècle, pour écrire le Plain-Chant, on employait les lettres A, B, C, D, E, F, G (1), placées sur des lignes parallèles de diverses couleurs, pour indiquer l'élévation ou l'abaissement de la voix. Les difficultés que présentait cette méthode frappèrent Guido d'Arezzo, moine bénédictin, musicien habile, qui naquit en 990. On chantait alors une Hymne en l'honneur de saint Jean-Baptiste, pour obtenir, par son intercession, la guérison de l'enrouement. En réfléchissant aux inflexions du chant sur chaque syllabe de la première strophe de cette Hymne, Guido remarqua que les premières syllabes des six premiers vers correspondent à six sons différents qui se suivent diatoniquement dans l'ordre suivant :

C	*Ut*	queant laxis
D	*Re*	sonare fibris
E	*Mi*	ra gestorum
F	*Fa*	muli tuorum,
G	*Sol*	ve polluti
A	*La*	bii reatum
		Sancte Joannes.

Il fit apprendre à ses élèves le chant de cette strophe, jusqu'à ce qu'ils pussent émettre, sans hésiter, le son de la première syllabe de chaque vers. Ce son répondant à une des lettres de l'échelle diatonique que nous venons de citer, il suffisait à l'élève, pour posséder parfai-

---

(1) Nous avons conservé les sept lettres des anciens dans le chant moderne, pour marquer la finale des Tons des Psaumes. Voir N°. 172.

tement l'intonation, de se rappeler la syllabe à laquelle cette lettre correspond. Cette méthode était simple et claire, comparativement à celle que l'on suivait alors ; cependant elle était incomplète, puisque la note *B* ou *si* ne se trouvait pas dans le système de Guido. L'invention du *si*, due, dit on, à Lemaire (quelques auteurs l'attribuent à Métru ou à Dupuy), a levé d'un seul coup les obstacles qui ont fait longtemps le désespoir des élèves.

La principale école de chant demeura toujours fixée à Metz, jusque vers la fin du seizième siècle. Cette école, pendant six cents ans, produisit des chantres célèbres qui se répandirent dans les principales villes de France. Quelques-uns, ou leurs élèves, retouchèrent le chant Grégorien, et modifièrent les Hymnes, les Proses, les Antiennes, les Répons, les Introïts, les Offertoires, les Kyrie, etc. ; d'autres changèrent complètement le chant de ces prières et même le texte. De là l'origine des chants propres à certains diocèses, qui sont encore en usage aujourd'hui. Il est bon d'ajouter que le chant Grégorien, quoique révisé, retouché ou refondu, a toujours conservé la base, la physionomie et le cachet primitifs que lui donna son auteur.

Le chant d'Amiens, qui a été revu et corrigé dans le 17e. siècle, se distingue des autres chants, par l'étendue, l'expression, la gravité et la mélodie.

DU CHANT EN GÉNÉRAL.

2. — Le *chant* est l'art de modifier les sons de la voix et de les combiner de manière que, par leur durée, leur liaison et leur succession, ils frappent l'oreille d'une sensation agréable.

DU PLAIN-CHANT.

3. — Le *Plain-Chant* (2) ou *Chant Ecclésiastique* est un genre de musique très-ancien, dont la marche est simple, large et bien marquée ; son caractère grave et majestueux convient parfaitement à l'usage auquel il est spécialement consacré.

DES NOTES.

4. — Les *Notes* sont des signes qui, par leurs différentes positions, dirigent la voix tant en montant qu'en descendant.

5. — Il y a dans le plain-chant *sept notes* qui se nomment *ut, ré, mi, fa, sol, la, si,* en montant ; et *ut, si, la, sol, fa, mi, ré,* en descendant.

6. — On ajoute, en montant, un second *ut* après le *si*, et en descendant, un autre *ut* après le *ré*, qui sont la base de nouvelles gammes (N°. 10), que l'on peut faire, suivant l'étendue de la voix, à mesure que les sons deviennent plus aigus ou plus graves.

7. — Pour connaître le nom de chaque note, il faut faire attention à la place qu'elle occupe sur la *portée* et à la *clef*.

DES LIGNES ET DE LA PORTÉE OU ÉCHELLE.

8. — Les notes s'écrivent sur et entre quatre *lignes* parallèles tracées horizontalement, que l'on nomme *portée* ou *échelle*, et qui se comptent de bas en haut.

---

(2) *Plain-Chant* vient du latin *cantus planus*, chant uni.

<table><tr><td>4e.</td></tr></table>

4e. ________________________________
3e. ________________________________
2e. ________________________________
1re. ________________________________

9. — Ces lignes ne suffisent pas toujours pour exprimer l'étendue du chant, alors on ajoute au-dessus et au-dessous, des *lignes sup-plémentaires*.

DE LA GAMME.

10. — On appelle *Gamme* (3), la table ou l'échelle des sept notes disposées dans l'ordre naturel des tons, c'est-à-dire lorsque les notes se suivent immédiatement.

DES CLEFS.

11. — Les *Clefs* (4) sont certaines figures que l'on place au commencement de chaque portée, sur l'une des quatre lignes, pour désigner le nom des notes.

12. — Il y a dans le plain-chant deux espèces de clefs : la *clef d'ut* et la *clef de fa*.

EXEMPLES :

13. — On les appelle ainsi, pour montrer que toutes les notes placées sur la même ligne que la *clef* en prennent le nom. Par exemple, toutes les notes placées sur la même ligne que la *clef d'ut*, s'appellent *ut ;* la note qui suit immédiatement en descendant s'appelle *si ;* celle qui vient après, *la*, et ainsi des autres. Il en est de même pour la *clef de fa*. On voit par là que la connaissance des notes devient très-facile, une fois que l'on possède bien leur ordre et leur suite.

14. — Pour distinguer la *clef d'ut* de la *clef de fa*, il faut remarquer que la première se compose de deux signes en forme de note, et la seconde de trois (N°. 12.)

15. — La *clef d'ut* se place sur les quatre lignes (N°. 12); mais on ne la trouve guère que sur la troisième et la quatrième ligne (5).

16. — La *clef de fa* ne se place ordinairement que sur la troisième ligne et très-rarement sur la quatrième (6).

---

(3) Le nom de *gamme* vient de la lettre G en grec *gamma*, représentant la note la plus élevée des anciens.

(4) *Clef* se prononce *clé ;* telle est la loi de l'usage, même devant une voyelle.

(5) Dans nos Livres d'Offices, nous n'avons que deux exemples de la *clef d'ut* sur la seconde ligne ; c'est la cinquième Antienne des Laudes du Jour de *Noël* et le *Venite* du 7e. ton.

Pour les cas où l'on rencontre *deux clefs d'ut* sur la même portée, et pour le changement de clef dans une pièce de chant, voir la note 28e.

(6) La *clef de fa* sur la quatrième ligne, et la *clef d'ut* sur la première et le seconde ligne, ne sont en usage que dans les pièces de chant à plusieurs parties.

EXEMPLES A SOLFIER (7).

Gammes diatoniques (8).

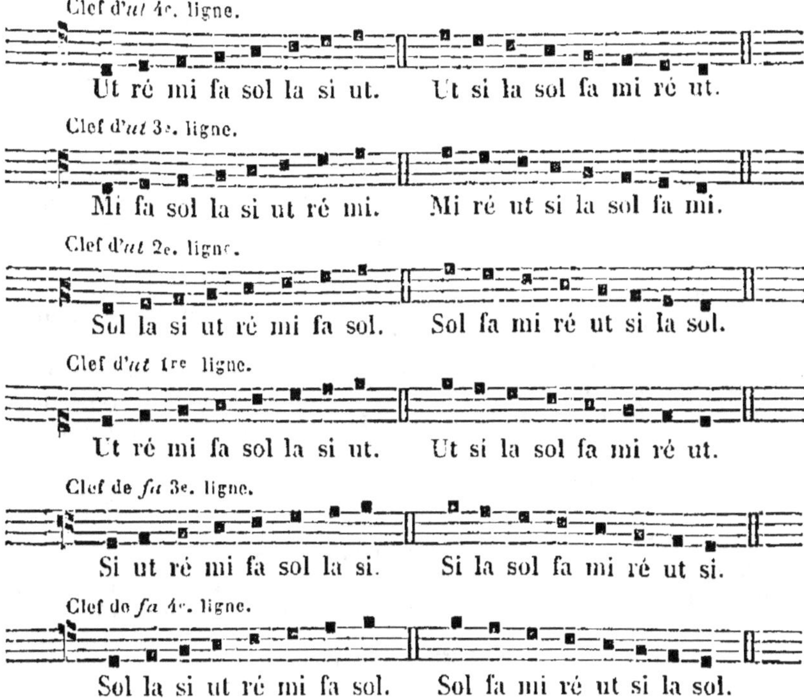

REMARQUE. Pour éviter la confusion que pourraient faire naître dans l'esprit des élèves, les différentes positions que les clefs donnent aux notes, le Maître fera bien de ne pas les exercer d'abord sur toutes les clefs indistinctement. Il commencera par la clef d'*ut* sur la quatrième ligne, et la leur fera lire ou solfier jusqu'à ce qu'ils la possèdent imperturbablement. Il passera ensuite à la clef d'*ut* sur la troisième, la deuxième et la première ligne. Il suivra le même procédé pour la clef de *fa*. C'est, selon nous, la méthode que le Maître doit suivre pour faire progresser ses élèves.

Le Maître trouvera, dans notre collection de Tableaux, tous les éléments nécessaires pour parvenir promptement à la connaissance parfaite du Plain-Chant.

DU NOM, DE LA FORME ET DE LA VALEUR RELATIVE
DES NOTES.

47. — La forme des notes en fait distinguer la valeur, c'est-à-dire la durée du temps que l'on doit mettre à chanter une note, relativement au mouvement adopté pour chaque pièce de chant.

---

(7) *Solfier* (formé des deux notes *sol* et *fa*), signifie lire ou chanter, en appelant les notes par leurs noms.

(8) On appelle *gamme diatonique*, celle qui procède par les tons naturels.

1.

18. — Dans le plain-chant, on emploie cinq sortes de notes, dont voici le nom, la forme et la valeur :

2   1 1/2   1   1/2   1/4

Double note.   Note à queue.   Note simple.   Rhomboïde.   Losange.

Leurs rapports entre elles sont comme ceux de l'*unité* à *un et demi*, à *deux*, à *une demie*, à *un quart*. La *double note* vaut *deux notes simples ;* la *note à queue* (9) vaut *une fois et demie la note simple ;* la *rhomboïde* vaut *moitié de la note simple*, et la *losange* vaut *le quart de la note simple*.

19. — Ces valeurs ne sont rigoureusement observées que dans le plain-chant mesuré, comme dans celui de la plupart des Hymnes et des Proses. (Voir la *mesure* N°. 29.)

20 — Un *point* (.) placé après la *note simple*, de la *rhomboïde* et de la *losange*, en augmente la valeur de moitié. D'où il suit que la *note simple* avec un point ▪. vaut trois ⚫⚫⚫, la *rhomboïde pointée* ◆. vaut trois ⚫⚫⚫

21. — La *losange pointée* ne s'emploie pas dans les livres de chant ordinaires.

22. — On trouve aussi très-souvent, dans nos livres d'Offices, la *note carrée à queue pointée*. Ce signe, dans la pratique, n'en augmente pas la valeur, mais indique un repos à volonté (10).

DES BARRES.

23. — Comme le chant a ses phrases et ses membres de phrases, ainsi que le discours, il a aussi sa ponctuation, ses repos que l'on appelle *barres*.

24. — Les *Barres* sont des lignes tracées perpendiculairement sur la *portée*. On les nomme *double barre*, *grande barre* et *petite barre*.

Double barre.   Grande barre.   Petite barre.

25. — La *Double barre* indique le repos final. Elle se place ordinairement après les reprises, les finales, les réclames. La *double barre* indique aussi l'endroit où doit se terminer l'intonation d'une Antienne, d'un Répons ou de tout autre morceau de chant.

---

(9) Cette valeur est celle que l'on observe à la Cathédrale et dans les principales Églises du diocèse d'Amiens. Quelques bons auteurs donnent à *la note à queue deux fois la valeur de la note simple*. A notre avis, cette valeur ne saurait être absolue, puisque la *note à queue* est suivie, tantôt *d'une rhomboïde*, et tantôt d'une *losange*. La *note à queue* et la *rhomboïde* ou la *losange* qui la suit, ont la valeur de *deux notes simples ;* par conséquent, la note à queue doit avoir de plus ce qu'a de moins la note qu'elle précède immédiatement.

(10) Cependant, en principe, le *point* doit augmenter la valeur de la note qui précède de la moitié de la note simple. Comment admettre, en effet, que le *point* soit là pour *marquer un repos à volonté*, puisque déjà la *grande barre* (N°. 26), qui le suit toujours, indique une pause très-sensible? Au surplus, pourquoi accorder au *point* la propriété d'augmenter de moitié la valeur de la *note simple* et de la *rhomboïde*, et la lui refuser pour la *note à queue?*

26. — La *Grande barre* indique un grand repos. Elle se place à la fin des phrases et des membres de phrases. Dans les Hymnes et les Proses, elle se place après chaque vers.

27. — La *Petite barre* n'est employée que pour marquer la séparation des mots et des notes qui leur appartiennent.

Mais dans les Hymnes et les Proses, les mots ne sont point séparés par une *petite barre*.

DU GUIDON.

28. — Le *Guidon* est un signe de la forme d'une petite note à queue qui se place à la fin de chaque portée, pour indiquer la première note de la portée suivante.

DE LA MESURE (11).

29. — La *Mesure* est la valeur régulière des notes, ou la division de la durée des sons en parties égales.

30. — Il y a trois sortes de *mesures :* la *mesure à deux temps*, la *mesure à trois temps*, et la *mesure à quatre temps*.

31. — Chaque temps de la mesure se *bat* ou se *marque* par autant de mouvements égaux de la main.

32. — Chaque espèce de mesure devrait être indiquée par un chiffre, au commencement de la pièce de chant.

33. — Dans le chant régulièrement écrit, la mesure se renferme entre deux grandes barres.

34. — Les trois espèces de mesures se marquent ainsi :

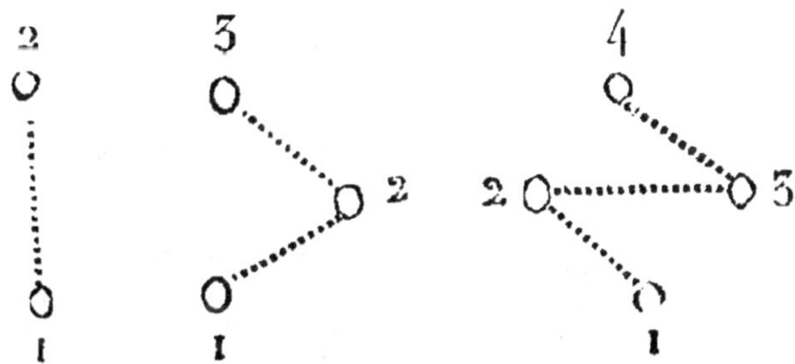

35. — La mesure à *deux temps* est composée de deux notes simples, ou de quatre rhomboïdes, ou de huit losanges, ou de l'équivalent.

Dans l'Hymne des Vêpres de la Circoncision, *Christus ut matris*, la mesure est marquée à *deux temps*.

---

(11) Nous avons placé ici la *Mesure*, parce qu'elle fait essentiellement partie de la *valeur des notes*; mais le Maître ne doit l'enseigner à ses élèves qu'après *les Règles pour chanter purement.* (N°. 89.)

(12) Dans les bons auteurs, la note à queue vaut deux notes simples.

36. — La mesure à *trois temps* est composée de trois notes simples ou de l'équivalent :

Dans l'*O Filii*, la mesure est à *trois temps*.

37. — La mesure à *trois temps* peut aussi être composée de trois rhomboïdes ou de l'équivalent. Le mouvement de celle-ci doit être moins lent :

38. — La mesure à *quatre temps* est composée de quatre notes simples ou de l'équivalent. La mesure à quatre temps ne diffère de la mesure à deux temps, que parce que le mouvement est moins lent :

Dans l'*Adeste Fideles*, la mesure est à *quatre temps*.

39. — Les Proses et les Hymnes peuvent être chantées en mesure, quoique les mesures n'y soient point marquées comme dans les exemples que nous venons de citer. Voici, pour cela, la marche à suivre.

40. — Dans les Proses, où la mesure est presque toujours à *trois temps*, il faut garder la valeur des notes en marquant le premier temps de la mesure sur la carrée qui la commence. Toutefois, il y a des exceptions comme dans les Proses de *Noël*, de la *Purification*, de l'*Annonciation*, de l'*Ascension*, du *Sacré-Cœur* et de la *Toussaint*.

41. — Dans les Hymnes, il y a beaucoup plus de difficultés, attendu que la plupart ne sont pas notées en mesure ; il faut, autant que possible, observer la valeur de chaque note, et tâcher d'en saisir la mesure. Dans les Hymnes qui procèdent par notes égales, la mesure se bat et se chante à deux temps, en marquant un temps pour chaque note simple, et un temps et demi sur toute note simple suivie d'une rhomboïde ou d'une losange, à laquelle on donne toujours un demi-temps, et en ne faisant aucune attention aux notes à queue (13).

Quant au chant des Antiennes, des Graduels, des Introïts et des Répons, nous pensons que l'on ne peut l'assujettir à la mesure, sans lui ôter la gravité et l'expression qui en font le principal mérite.

DES DEGRÉS OU DE LA DISTANCE DES NOTES.

42. — En plain-chant, on appelle *Degré*, la distance d'une note à une autre.

43. — Il y a deux sortes de *degrés* : le *degré conjoint* et le *degré disjoint*.

---

(13) Nous ne nous dissimulons pas que ces quelques règles ne soient difficiles, sinon impossibles dans leur application, pour le plus grand nombre des chantres. Il serait à désirer que toutes les Proses et les Hymnes fussent notées en mesure régulière : car il est fâcheux que l'on détruise, par des sons traînants ou précipités à contre-sens, tant de combinaisons ingénieuses, tant de force, de poésie et de grâce que l'on remarque dans les chants sacrés.

DU DEGRÉ CONJOINT.

44. — Le degré *conjoint* est la distance entre deux notes qui se joignent, qui se suivent immédiatement dans l'échelle diatonique, soit en montant, soit en descendant, comme *ut—ré* ou *ré—ut*.

DES TONS ET DES DEMI-TONS.

45. — On appelle *Ton* l'intervalle entre deux notes consécutives de la gamme diatonique (Voir la note 8.)

46. — La différence des *sons* ou l'intervalle de chaque degré conjoint de la gamme au degré supérieur ou inférieur, n'est pas la même.

47. — Il y a l'intervalle d'un *ton* et l'intervalle d'un *demi-ton*.

48. — Le *demi-ton* est le plus petit intervalle que la voix puisse exécuter.

49. — Il y a dans le plain-chant *cinq tons* et *deux demi-tons*, dont voici l'ordre naturel :

Il y a de *ut* à *ré* un ton ;
    — de *ré* à *mi* un ton ;
    — de *mi* à *fa* un demi-ton ;
    — de *fa* à *sol* un ton ;
    — de *sol* à *la* un ton ;
    — de *la* à *si* un ton ;
    — de *si* à *ut* un demi-ton.

50. — Il est absolument nécessaire que les élèves se familiarisent, par un long exercice, l'oreille et la voix avec les tons et les demi-tons, pour pouvoir chanter ensuite, avec facilité, toutes sortes de pièces.

DES SIGNES ALTÉRATIFS.

51. — L'ordre des tons et des demi-tons, tel que nous venons de l'indiquer, varie souvent par la rencontre de deux signes qui sont le *bémol* et le *dièse*.

DU BÉMOL.

52. — Le *Bémol* (14), dont voici la forme ♭. a la propriété de baisser d'un demi-ton la note vis-à-vis de laquelle il est placé.

53. — En plain-chant, le bémol ne se pose que sur les lignes du *mi* et du *si*.

54. — On distingue deux sortes de bémols : le *bémol continuel* et le *bémol accidentel*.

55. — Le *bémol continuel* est celui qui se place immédiatement après la clef ; il influe sur toutes les notes qui se rencontrent dans la même portée que *lui* ; ce qui a lieu presque toujours dans le cinquième, le sixième et quelquefois dans le premier ton.

---

14 Le *bémol* a la forme d'un petit *b*. On écrit aussi *B mol*, par opposition au *bécarre*, appelé aussi *B dur*.

56. — Le *bémol accidentel* est celui qui est placé dans le cours d'une pièce ; il n'influe que sur la note devant laquelle il se trouve. Quelquefois, son effet s'étend sur celles qui suivent dans la même phrase, dans le même mot.

57. — Le *bémol* ne s'applique qu'aux demi-tons.

DU DIÈSE.

58. — Le *Dièse* (15), ainsi figuré ♯, sert à hausser d'un demi-ton la note devant laquelle il se trouve placé. Cette figure est peu usitée en plain-chant.

59. — Le dièse, comme le *bémol*, n'influe que sur la note devant laquelle il est placé. Dans le chant ordinaire, on ne le rencontre jamais placé à la clef.

60. — Le *dièse* ne s'applique qu'aux tons.

DU BÉCARRE.

61. — Le *Bécarre* (16), dont voici la figure ♮, détruit l'effet du *bémol* et du *dièse*, et rétablit les notes dans leur ton naturel.

62. — Le *bécarre* ne se place jamais qu'après un bémol ou un dièse. Son effet ne s'étend que jusqu'à la fin du mot sur lequel il est placé.

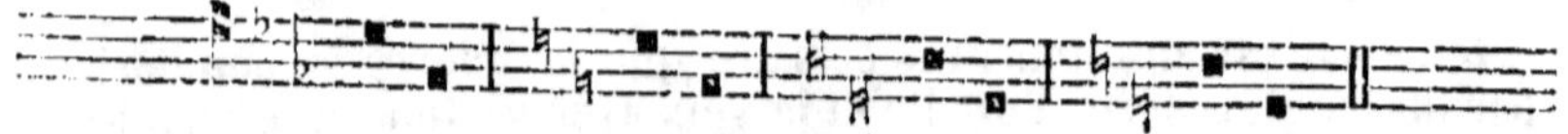

DU DEGRÉ DISJOINT.

63. — Le degré *disjoint* est la distance d'une note à une autre note qui ne la suit pas immédiatement dans la gamme : comme *fa-la ; sol-ut*.

DIFFÉRENTS INTERVALLES DES NOTES.

64. — On appelle *intervalle*, la distance des notes entre elles. L'intervalle d'une note à l'autre note immédiatement supérieure ou inférieure, s'appelle *seconde ;* l'intervalle composé de trois sons, se nomme *tierce ;* de quatre sons, *quarte ;* de cinq, *quinte ;* de six, *sixte ;* de sept, *septième ;* de huit, *octave*.

65. — La seconde est *majeure* ou *mineure*.

66. — La *seconde majeure* est composée d'*un ton*, comme *ut—ré ; sol—la* ; la *seconde mineure* est composée d'*un demi-ton*, comme *mi—fa ; si—ut*.

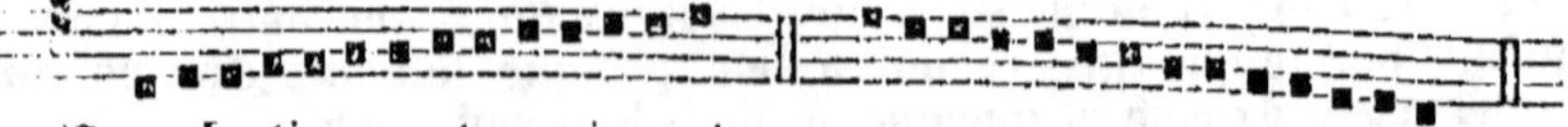

67. — La tierce est aussi *majeure* ou *mineure*.

---

(15) Le mot *dièse* (qui vient du grec *diésis*), veut proprement dire division.

(16) Le *bécarre* est ainsi appelé, à cause de sa forme carrée. On écrit aussi *B quarre*.

68. — La *tierce majeure* est composée de *deux tons*, comme *ut—mi; fa—la;* la *tierce mineure* est composée d'*un ton* et d'*un demi-ton*, comme *ré—fa; la—ut.*

69. — La quarte est *simple* ou *superflue.*

70. — La *quarte simple* est composée de *deux tons* et d'*un demi-ton*, comme *ut—fa;* la *quarte superflue*, de *trois tons*, comme *fa—si.* Elle se rencontre rarement dans le plain-chant, à cause de sa dureté.

71. — La *quinte* est composée de *trois tons* et d'*un demi-ton*, comme *ut—sol.*

72. — La sixte est *majeure* ou *mineure.*

73. — La *sixte majeure* est composée de *quatre tons*, comme *ut—la;* la *sixte mineure*, de *trois tons* et de *deux demi-tons*, comme *mi—ut.*

74. — La septième est *majeure* ou *mineure.*

75. — La *septième majeure* est composée de *cinq tons* et d'*un demi-ton*, comme *ut—si;* la *septième mineure*, de *quatre tons* et de *deux demi-tons*, comme *ré—ut.*

76. — L'*octave* est toujours composée de *cinq tons* et de *deux demi-tons*, comme *ut—ut.* Ainsi, deux notes qui ont une octave pour intervalle, ne sont que la répétition l'une de l'autre : elles ne diffèrent que par la gravité des sons.

Nota. Le Maître qui désire former de bons élèves, doit s'appliquer à leur faire distinguer les tons des demi-tons (secondes majeures et secondes mineures), les tierces majeures des tierces mineures, et les leur faire solfier sur toutes sortes de notes, en *bémolisant* les demi-tons et en *diésant* les tons. Il les exerce ensuite graduellement et de la même manière, sur les quartes, les quintes, les sixtes, les septièmes et les octaves. C'est là le seul moyen de parvenir à de beaux résultats en peu de temps.

Nous allons donner plusieurs Exercices où les divers intervalles du Plain-Chant sont successivement employés. Nous parlerons du *Solfége*, des *Signes altératifs* et de la *Mesure*.

DU SOLFÉGE.

77. — Le *Solfége* est un assemblage de notes, sans paroles, pour apprendre à solfier, c'est-à-dire, pour lire le chant en appelant les notes par leurs noms.

EXERCICES POUR FAIRE LES TONS ET LES DEMI-TONS SUR TOUTES SORTES DE CLEFS.

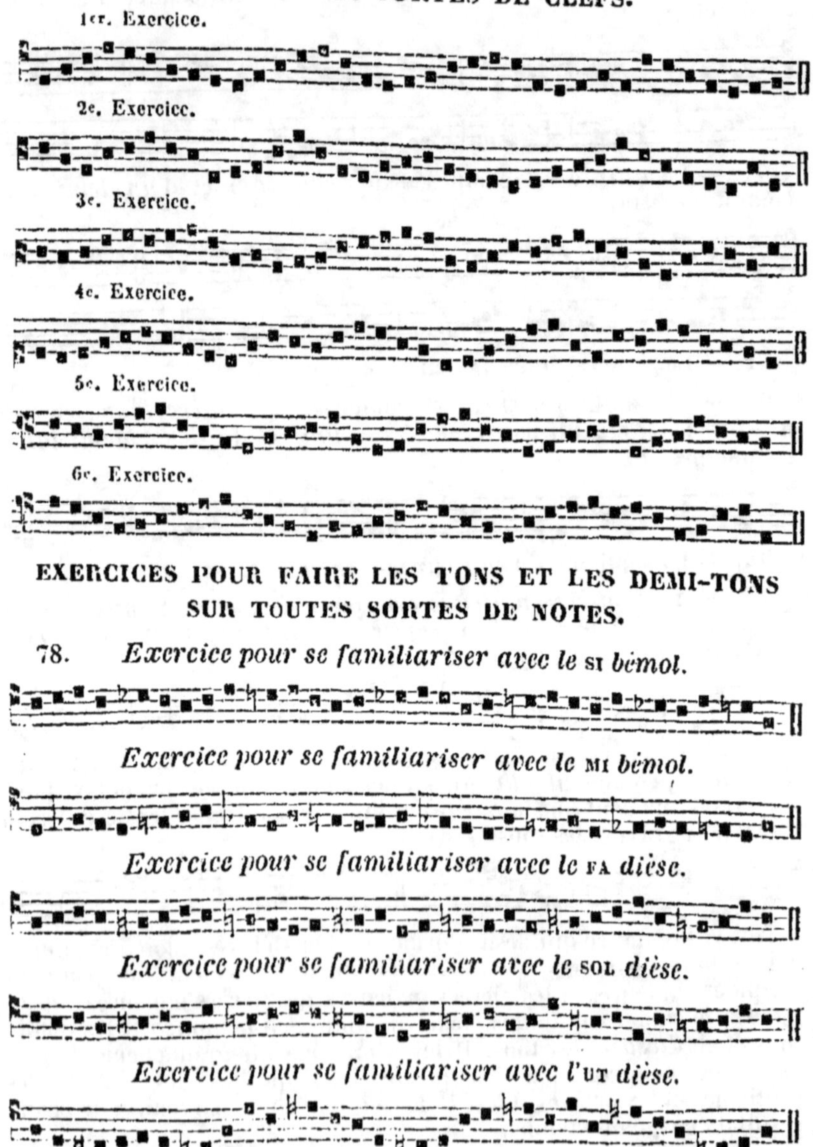

EXERCICES POUR FAIRE LES TONS ET LES DEMI-TONS SUR TOUTES SORTES DE NOTES.

78.   *Exercice pour se familiariser avec le* SI *bémol.*

Exercice pour se familiariser avec le MI *bémol.*

Exercice pour se familiariser avec le FA *dièse.*

Exercice pour se familiariser avec le SOL *dièse.*

*Exercice pour se familiariser avec l'*UT *dièse.*

Exercice pour se familiariser avec les TIERCES.

Exercice sur les intervalles les plus usités.

EXERCICES POUR APPRENDRE A BATTRE LA MESURE.

Mesure à deux temps.

Mesure à trois temps. — Trois carrées pour une mesure.

Même mesure. — Une carrée et une coulée pour une mesure.

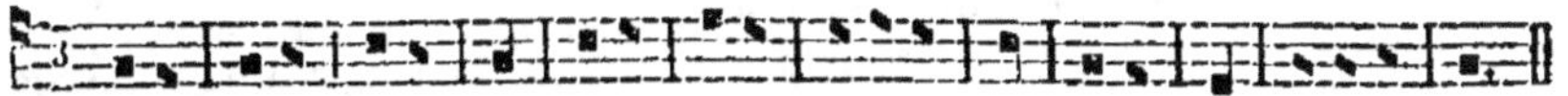

Mesure à quatre temps.

DE L'INTONATION ET DE L'APPLICATION DE LA LETTRE AUX NOTES.

80. — Dès que les élèves sont parvenus à solfier avec facilité sur toutes les clefs, qu'ils connaissent parfaitement tous les signes constitutifs du plain-chant, les degrés conjoints et disjoints, on peut les exercer sur des pièces de chant.

81. — Pour bien chanter une pièce, il faut, avant tout, la savoir *entonner*, c'est-à-dire lui *donner un ton* qui ne soit ni trop haut ni trop bas (47), afin que la voix puisse fournir, sans efforts, toutes les notes qui composent le morceau de chant.

82. — On entend par *ton*, comme nous l'avons déjà dit (N°. 45), la plus grande différence qui puisse se rencontrer entre deux notes qui se suivent immédiatement ; par exemple, du *son* d'*ut* à celui de *ré*, il y a un ton. Mais ici, par *ton*, il faut entendre le *son*, la *voix* ou l'expression d'une note ; c'est dans ce sens que l'on dit : *Prenez à mon ton.*

83. — Les élèves ne doivent pas d'abord chercher, par eux-mêmes, le ton d'une pièce de chant ; mais s'exercer à prendre le ton qui leur

____

sera donné par le Maître. Cet exercice, plusieurs fois répété, leur fera bientôt acquérir l'habitude et la facilité d'entonner toutes sortes de pièces, sans qu'il soit nécessaire de leur donner le ton.

84. — *Appliquer la lettre aux notes*, c'est chanter une pièce de chant sur le ton et la mesure des notes qui se rapportent aux mots. Pour réussir dans cette partie, il faut avoir bien présents à l'esprit, les principes que nous avons établis jusqu'ici, et suivre la marche que nous allons tracer.

85. — Le Maître aura soin de choisir les pièces les plus faciles, où il n'y a qu'une ou deux notes sur chaque syllabe, et faire chanter aux élèves les notes, trois ou quatre à la fois, avant les paroles, comme dans l'exemple suivant :

86. — Le Maître fera observer aux élèves que plusieurs notes qui se touchent, appartiennent à la même syllabe, dont on doit prolonger le son sur toutes les notes qui en dépendent, sans articuler, sans aspirer, évitant de chanter par saccade, par secousse, mais passant d'une note à l'autre par un filet de voix qui les lie ensemble.

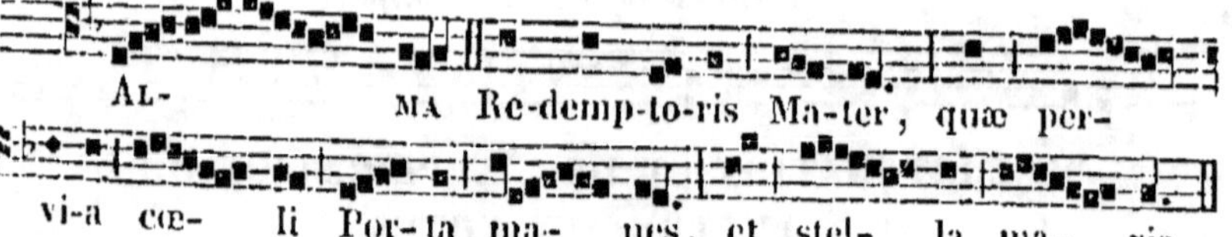

87. — A mesure que les élèves se fortifieront, le Maître choisira ses exercices dans les livres d'Offices, en commençant par les morceaux les plus simples ; tels que l'*Inviolata*, l'Antienne de *Benedictus* de Noël, celle de *Magnificat* du dimanche de la Passion, les grandes Antiennes à la Sainte-Vierge après les Complies, les *Vêpres* du Saint-Sacrement, les *Messes* des Morts, etc. Mais il devra toujours leur faire *solfier* un morceau avant de le chanter, jusqu'à ce qu'ils soient capables d'exécuter à première vue.

88. — Lorsque les élèves auront acquis assez de force, le Maître fera étudier, chaque semaine, l'Office du Dimanche ou de la Fête qui suit.

RÈGLES POUR CHANTER PUREMENT.

89. — Si le Maître désire que ses élèves chantent avec pureté et avec assurance, il doit leur faire observer les règles suivantes :

1°. Ne laisser chanter les élèves à pleine voix, que lorsque leur oreille est bien formée ;

2°. Prononcer correctement et naturellement les voyelles *a*, *e*, *i*, *o*, *u*, d'où dépend la beauté du chant.

3°. Lorsque l'*e* est suivi d'une consonne dans la même syllabe, lui donner toujours le son de l'*è* ouvert : comme dans *excélsus*, *super*, *omnès*, *sapiéntèm*, *dèxteram*, *amèn*. Dans tout autre cas, l'*e* est fermé : *Kyrié éléison*, *vénité*.

4°. Dans les syllabes finales *am*, *em* et *um* qui équivant à *om*, comme dans *gloriam*, *matrem*, *filium*, faire entendre le son pur de l'*a*, de l'*é*, de l'*o*, et ne faire sentir l'*m* qu'au moyen des lèvres.

5°. N'aspirer la lettre *h* que dans les monosyllabes : *hac*, *hæc*, *hic*, *hoc*, *huc*.

6°. Prononcer fortement toutes les consonnes finales, quoique suivies d'un mot commençant par une voyelle : *Dies iræ*, *Deus a quo* ; prononcer : *Diesse iræ*, *Deusse à quo*, et non : *Diè ziræ* ni *Deu zaquo*. Il en est de même de celles qui sont placées entre deux voyelles : *Desuper*, *uxor* ; prononcer : *Déçupér ukçor*. Excepté dans *pusillis*, *misericordiam*, *miserere*, et quelques autres où *s* se prononce *z* ; prononcer : *Puzillis*, *mizéricordiam*, *mizérérè*. *Exallare* se prononce *eczallare* et ses dérivés. *Functum* se prononce *fonctom*. Mais *cuncta* ne sonne pas *concta*.

7°. Prononcer *ch* comme *k* : *Archangelus*, *brachium*, *charitas*, se prononce : *Arkangelus*, *brakium*, *karitas*.

8°. Prononcer toujours *gn* dur : *Agnus*, *cognoscere*, sonnent *Ag-nus cog-nos-cére*.

9°. Prononcer *qu* suivi d'un *a* comme *kou* : *Aquarum* ; comme *ku* suivi d'un *e* ou d'un *i* : *Quæ*, *qui*, et suivi d'un *o*, la lettre *u* est nulle : *Quoniam* se prononce *koniam*.

10°. Prononcer *ti* comme *ci* toutes les fois qu'il est placé entre deux voyelles, dans la dernière syllabe du mot : *gratia*, *lætitia*, *totius*.

11°. Articuler distinctement les mots et les syllabes, en faisant bien sentir les consonnes ; ne pas séparer les mots étroitement unis ensemble, ni les syllabes d'un même mot, lorsqu'on a besoin de reprendre haleine.

12º. Chanter d'une manière aisée, sans effort, d'un ton de voix naturel qui approche le plus de celui que l'on a en parlant et en lisant, sans affecter une voix criarde, forcée ou languissante.

13º. Ne point faire de fredons, mais chanter les notes pleines, sans y ajouter ce que l'on appelle des notes d'agrément ou *fioritures*, qui produisent toujours un effet désagréable.

14º. Ne point chanter du nez ni de la gorge, distinguer chaque note liée en pesant doucement sur chacune, sans aspirer, sans faire *ha*, *ha*, *ha* ; *ua*, *ua*, *ua* ; *ué*, *ué*, *ué* ; *oua*, *oua*, *oua*, lorsque plusieurs notes doivent se chanter sur un *a* ou sur un *e*.

15º. Lorsqu'il se trouve plusieurs notes sur une syllabe, et que cette syllabe finit par une consonne sensible, comme dans l'intonation de l'Antienne *alma*, il ne faut faire sentir cette consonne qu'à la dernière note de la syllabe. Ainsi, il serait ridicule de dire : *al*, *al*, *al*, *al* sur chaque note qui se trouve sur la syllabe *al* ; mais on doit chanter *a*, *a*, *a*, *a*, *alma*, et ne faire sentir la lettre *l* qu'à la dernière note.

16º. En chantant, il faut éviter les grimaces, les mouvements ridicules de la tête et du corps, les contorsions, les coups de gosier ou de poitrine qui fatiguent et provoquent l'hilarité.

17º. Lorsque l'on s'aperçoit que l'on s'est trompé, il faut reprendre le morceau en chantant les notes seulement, et revenir ensuite sur les paroles.

18º. Quand on chante avec d'autres, il faut avoir soin de s'écouter les uns les autres, en sorte que tous chantent la même note et la même syllabe (18).

Telles sont les principales règles qui regardent l'application des paroles aux notes.

Le Maître de chant doit veiller à ce que ses élèves observent ponctuellement toutes ces règles : car on se corrige difficilement d'un défaut passé en habitude.

DES MODES OU TONS (19).

90. — On entend par *Ton* ou *Mode*, la combinaison des notes et la tournure des phrases de chant qui se trouvent dans les différentes pièces, et qui les distinguent les unes des autres.

91. — Il y a huit *Modes* dans le plain-chant, qui tous ont leur caractère particulier, ainsi que l'indiquent les épithètes latines qu'on leur a données :

Primus gravis (1er. grave.)
Secundus tristis (2e. triste.)
Tertius mysticus (3e. mystique.)
Quartus harmonicus (4e. harmonieux.)
Quintus lætus (5e. joyeux.)
Sextus devotus (6º. dévot.)
Septimus angelicus (7e. angélique.)
Octavus perfectus (8e. parfait.)

---

18. Pour ce qui regarde la manière de chanter à *deux Chœurs*, voir Nº. 244 à 248.

(19) Ces Tons sont applicables à tous les morceaux de chant.

92. — Ces huit *modes* se divisent en *modes impairs* et *modes pairs*.

93. — Les *modes impairs* ou *authentiques*, sont le 1er., le 3e., le 5e. et le 7e.

94. — Les *modes pairs* ou *plagaux* sont le 2e., le 4e., le 6e. et le 8e.

95. — Les *modes impairs* ont presque toute leur étendue au-dessus de leur *finale* (N°. 97.)

96. — Les *modes pairs* ont ordinairement leur étendue, tant au-dessus qu'au-dessous de leur finale.

97. — On appelle *finale*, la dernière note d'une pièce ; elle est aussi nommée *tonique*, parce que c'est de cette note que l'on part ordinairement pour prendre le *ton* ; ou bien parce que cette note sert de base au *mode*, et qu'elle est la note du *ton*.

98. — Il y a quatre *finales* pour les huit modes, qui sont *ré*, *mi*, *fa*, *sol*.

99. — Chaque mode a une note que l'on appelle *dominante*.

On entend par *dominante*, la note sur laquelle le chant d'un ton roule davantage, ou plus naturellement.

100. — Il y a quatre *dominantes* pour les huit tons, qui sont : *fa*, *la*, *ut*, *ré*.

101. — Parmi les huit modes, il en est qui sont tantôt *réguliers* et tantôt *irréguliers*.

102. — Les tons sont *réguliers* lorsqu'ils conservent les finales qui leur sont propres (N°. 98.)

103. — Les tons sont *irréguliers*, quand ils ont des finales différentes de celles qui leur sont assignées. On en compte cinq, et ils appartiennent aux 1er., 2e., 4e., 5e. et 6e.

104. *Tableau des huit tons réguliers, avec leurs clefs, leurs dominantes et leurs finales.*

Clefs.	Dominantes.	Finales.
1er. ton.	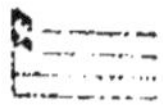 la.	ré.
2e. ton.	fa.	ré.
3e. ton.	ut.	mi.
4e. ton.	la.	mi.
5e. ton.	 ut.	fa.
6e. ton.	 la.	fa.
7e. ton.	 ré.	sol.
8e. ton.	 ut.	sol.

105. *Tableau des cinq tons irréguliers.*

	Clefs.	Dominantes.	Finales.
1er. ton		mi.	la.
2e. ton.		ut.	la.
4e. ton.		ré.	la.
5e. ton.		sol.	ut.
6e. ton.		mi.	ut. (20).

106. — On reconnaît à quel mode appartient une pièce de chant, par le chiffre qui se trouve dans les livres de chant, au commencement du morceau, avant la clef.

107. — Lorsque le chiffre n'indique pas le ton, il suffit, pour le reconnaître, de consulter la finale et la dominante, et de faire attention si le mode est *pair* ou *impair*. (Voir les nos. 95 et 96, pour l'étendue des modes.)

108. — Les *modes* sont aussi nommés *majeurs* et *mineurs*.

109. — Les *modes mineurs* sont ceux dont la première tierce au-dessus de la *finale* est *mineure*, comme les 1er., 2e., 3e. et 4e.

110. — Les *modes majeurs* sont ceux dont la tierce au-dessus de la finale est *majeure*, comme dans les 5e., 6e., 7e. et 8e.

111. — Le 1er. et le 2e. mode sont *mineurs*, parce qu'à partir de leur finale *ré* au *fa*, il n'y a qu'*un ton* et *un demi-ton*. Le 3e. et le 4e. sont également *mineurs*, parce que de leur finale *mi* au *sol*, il n'y a aussi qu'*un ton* et *un demi-ton*.

112. — Le 5e. et le 6e. mode sont *majeurs*, parce que de leur finale *fa* au *la*, il y a *deux tons*. Le 7e. et le 8e. sont également *majeurs*, parce que de leur finale *sol* au *si*, il y a *deux tons*.

CARACTÈRE PARTICULIER ET ÉTENDUE DES MODES OU TONS (21).

113. — Le *premier ton* convient particulièrement aux grands sujets ; ses progressions sont majestueuses. Il a son étendue au-dessus de sa finale *ré*. Excepté la note *ut* qui est quelquefois au-dessous.

Première Antienne des II. Vêpres du Saint-Sacrement.

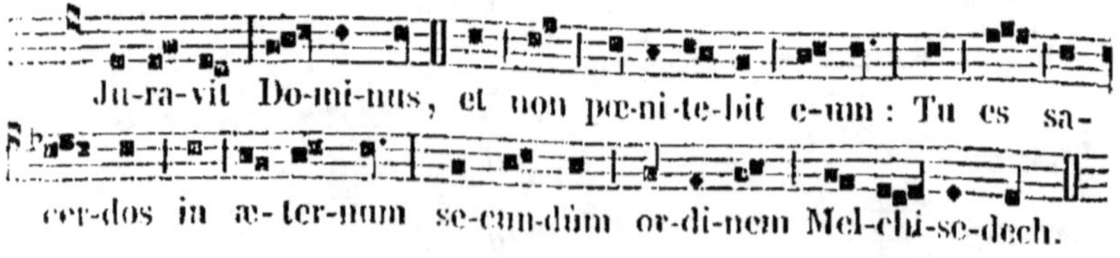

(20) Pour ce qui regarde le chant des Psaumes, voir les tableaux Nos. 138 et 139.
(21) Nous parlons ici, en général, de la physionomie, de l'expression et des progressions des modes.

114. — Le *deuxième ton* convient aux sujets lugubres, tristes : ses progressions sont graves. Il a son étendue au-dessus et au-dessous de sa finale *ré*.

Premier Verset du DOMINE NON SECUNDUM.

115. — Le *troisième ton* exprime les affections vives, les ordres, les menaces, la colère ; ses progressions sont hardies. Il a son étendue au-dessus de sa finale *mi*. Excepté la seule note *ré*.

Deuxième Antienne des Vêpres du jour de Pâques.

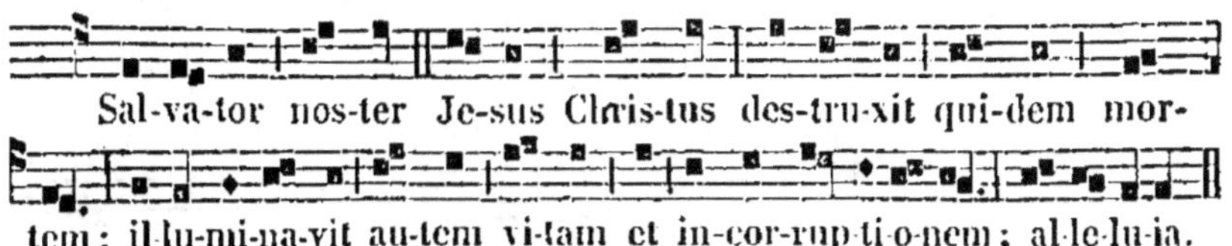

116. — Le *quatrième ton* exprime la componction, les gémissements et la prière ; ses progressions sont timides. Il a son étendue au-dessus et au-dessous de sa finale *mi*.

Troisième Antienne des Vêpres du Jeudi-Saint.

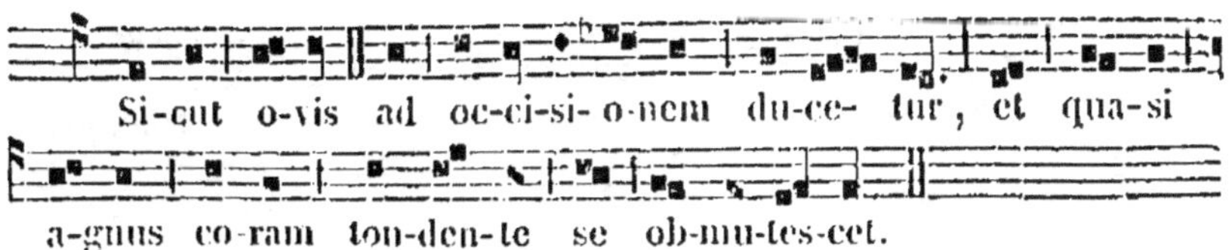

117. — Le *cinquième ton* exprime l'allégresse, la victoire et le triomphe ; ses progressions sont sonores. Il a son étendue au-dessus de sa finale *fa*. Excepté lorsque la clef est à la quatrième ligne.

Cinquième Antienne des II. Vêpres du Saint-Sacrement.

118. — Le *sixième ton* exprime la joie, l'action de grâces, la confiance et la tendresse ; ses progressions sont gracieuses. Il a son étendue au-dessus et au-dessous de sa finale *fa*.

Première Antienne des II. Vêpres de la Sainte-Croix.

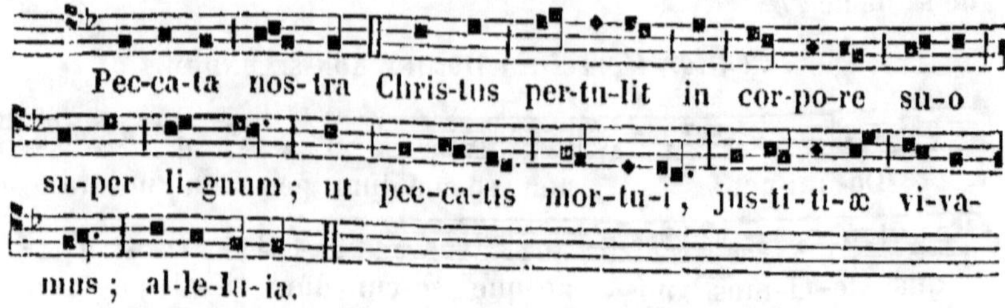

119. — *Le septième ton* convient aux sujets qui excitent l'admira-tion, l'enthousiasme ; ses progressions sont animées. Il a son étendue au-dessus de sa finale *sol*. Excepté la seule note *fa* qui est au-dessous.

Cinquième Antienne des II. Vêpres de l'Assomption.

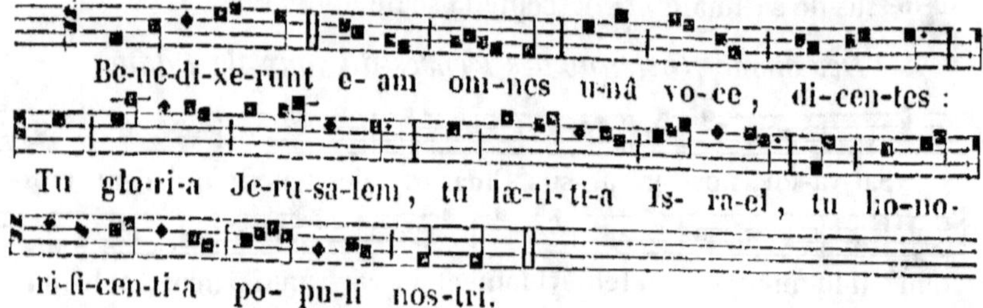

120. — *Le huitième ton* exprime la piété et la dévotion ; ses pro-gressions sont majestueuses. Il a son étendue au-dessus et au-dessous de sa finale *sol*.

Deuxième Ant. des II. Vêpres de la Nativité de la Ste. Vierge.

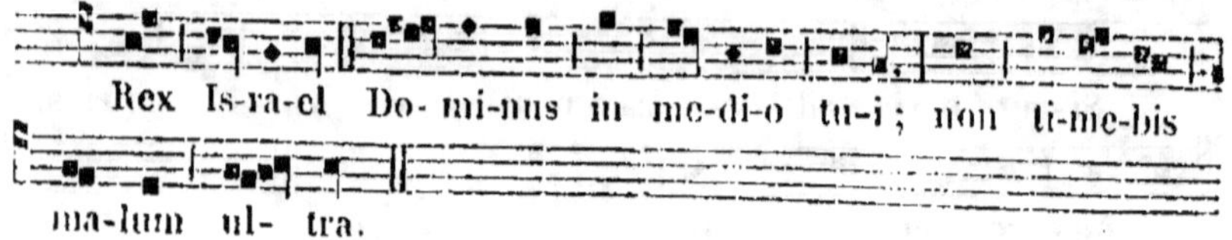

NOTA. Cependant, on trouve quelquefois des morceaux de chant où le 1er, le 3e., le 5e. et le 7e. ton ont deux ou trois notes au-dessous de leur finale ; mais ces cas sont très-rares.

RÈGLES POUR BIEN ENTONNER LES MODES.

121. — Pour trouver le *ton* sur lequel il faut prendre la première note d'une pièce de chant, on doit partir de la *finale*, et monter ou descendre jusqu'à la note qui commence le morceau.

122. — Il faut prendre la *finale* des modes *impairs* sur un ton assez bas, puisque ces modes ont leur étendue au-dessus de la finale.

123. — On doit prendre la finale des *modes pairs* sur un ton un peu plus haut, puisque ces modes ont leur étendue tant au-dessus qu'au-dessous de leur finale.

DE LA PSALMODIE.

124. — La *Psalmodie* est la manière de chanter les Psaumes et les Cantiques Évangéliques.

125. — Pour bien chanter les Psaumes et les Cantiques, il faut connaître les règles de la quantité psalmodique ou prosaïque, qui diffère en quelques points de la quantité poétique.

DE LA QUANTITÉ PSALMODIQUE.

126. — On distingue dans le chant des Psaumes, quatre sortes de syllabes (22) qui répondent aux quatre espèces de notes usitées dans le plain-chant : 1°. des *syllabes longues parfaites ;* 2°. des *longues communes ;* 3°. des *demi-brèves* ou *coulées ;* 4°. des *brèves.*

127. — La *longue parfaite* répond à la note carrée à queue et se prononce plus lentement que la *longue commune.*

128. — La *longue commune* répond à la *note simple.*

129 — La *demi-brève* répond à la *rhomboïde,* et se chante moins lentement que la note simple.

130. — La *brève,* qui se chante plus vite que la rhomboïde, répond à la note appelée *losange.*

131. — La *longue parfaite* se rencontre sur la pénultième, c'est-à-dire sur l'avant-dernière syllabe d'un mot.

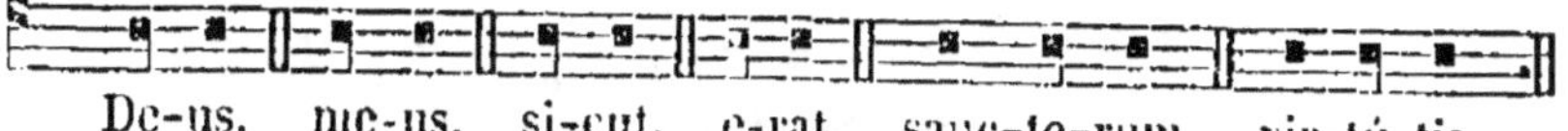

Si cependant cette *pénultième* était *brève* de sa nature, la *longue parfaite* serait sur l'antépénultième, c'est-à-dire sur la syllabe qui précède la pénultième.

On considère aussi comme *longue parfaite,* le premier de deux monosyllabes unis entre eux plus prochainement qu'avec les mots précédents et les mots suivants (23).

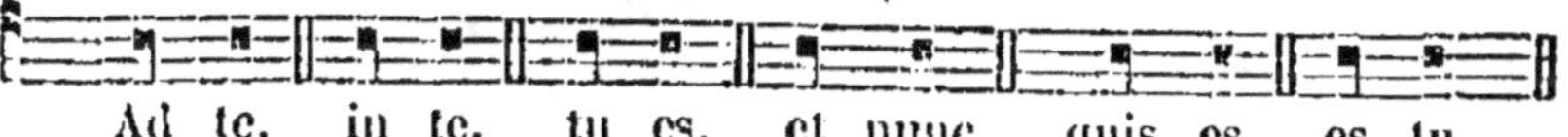

132. — La *longue commune* se place sur les monosyllabes seuls, sur le second de deux monosyllabes, et sur la dernière syllabe d'un mot.

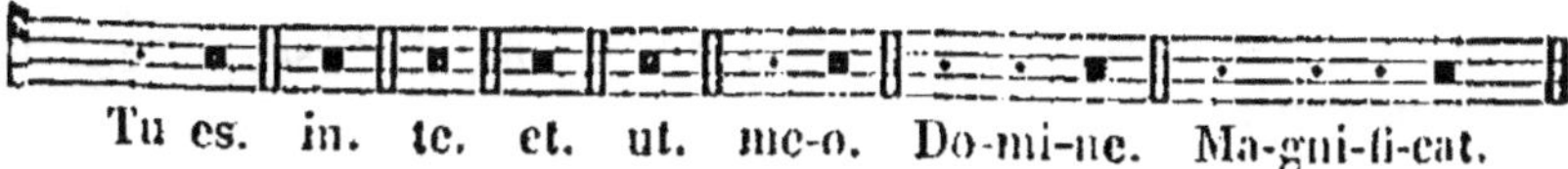

---

(22) Les règles de la quantité psalmodique sont applicables aux Leçons, Épîtres, Évangiles, Oraisons, Capitules, petits Versets, Préfaces, etc.

(23) Dans ces monosyllabes *in me est,* c'est le premier qui est long et le second bref.

133. — La *demi-brève* se place sur toute syllabe *brève* qui n'est pas pénultième.

134. — La *brève* se place sur les syllabes dont la prononciation est brève, pourvu qu'elles soient pénultièmes.

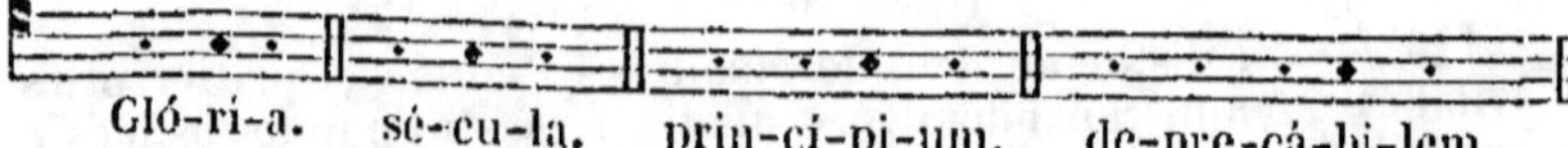

135. — Pour savoir si la *pénultième* est *brève* ou si elle ne l'est pas, il suffit de faire attention à l'accent aigu (´) qui, dans tous les Livres d'Offices imprimés avec soin, est toujours sur la syllabe *longue parfaite.*

136. — On n'accentue point les mots de deux syllabes, dont la première est toujours *longue parfaite.*

DU CHANT DES PSAUMES ET DES CANTIQUES.

137. — Les Psaumes et les Cantiques se chantent sur les huit *modes* ou *tons*, que nous avons précédemment indiqués (Nos. 90 à 105), avec différentes modulations.

Tableau des différents Tons et des différentes Modulations des Psaumes et des Cantiques.

138.

TONS RÉGULIERS.

PREMIER TON.

(24) Cette terminaison, qui devrait être appelée D ou *ré*, est indiquée par un J majuscule, pour ne pas la confondre avec une autre du même ton, désignée par D, et, sans doute, à cause des quatre dernières notes qui forment une queue figurée par le J.

DEUXIÈME TON.

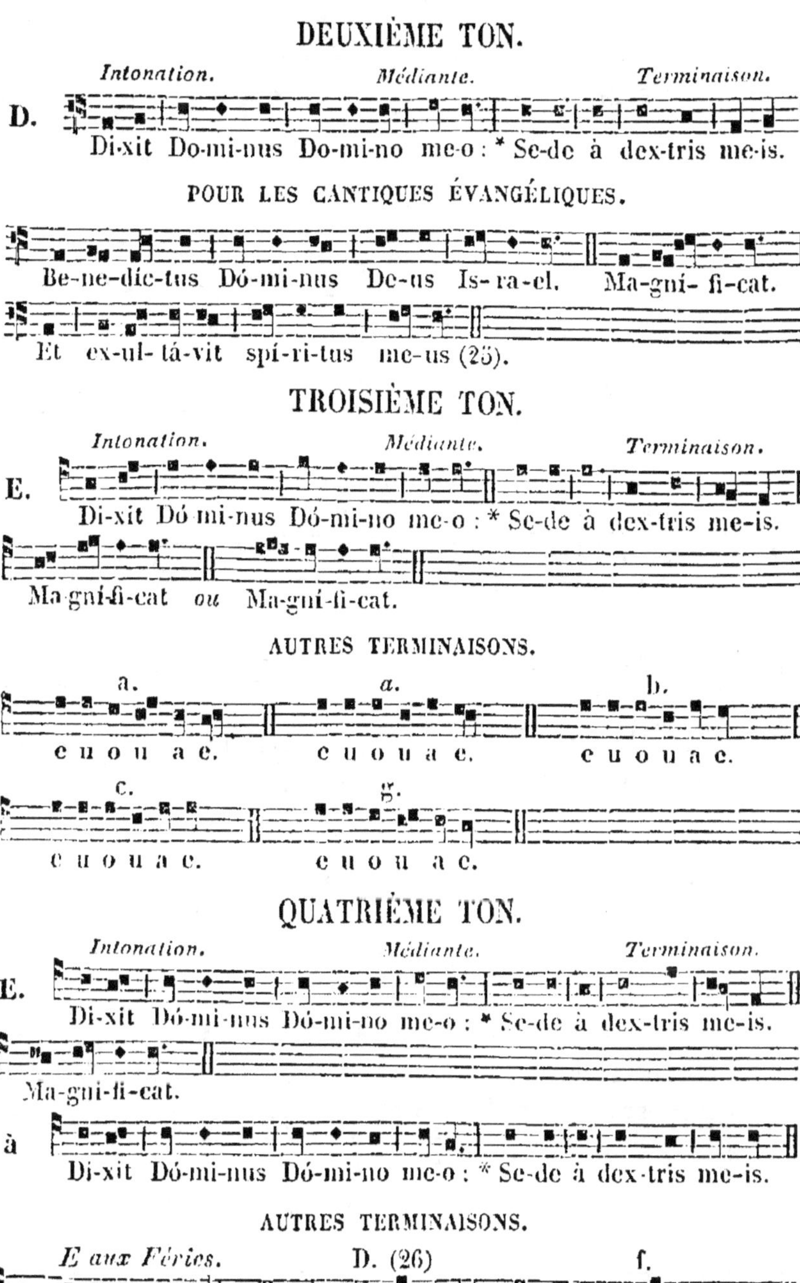

<hr>

(25) Voir les Nos. 141 et 142 pour les cas où l'intonation se fait à chaque verset des Cantiques *Benedictus* et *Magnificat*.

(26) Cette terminaison, quoique *plus-que-complète*, se désigne par une *Majuscule* (No. 171.)

POUR LES CANTIQUES ÉVANGÉLIQUES.

CINQUIÈME TON.

SIXIÈME TON.

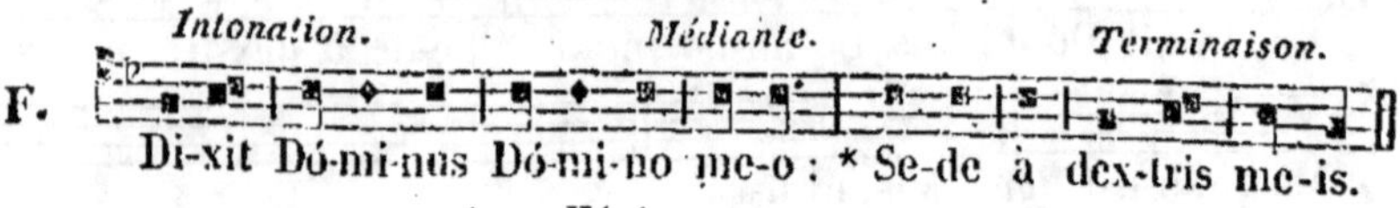

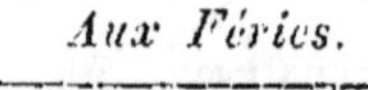

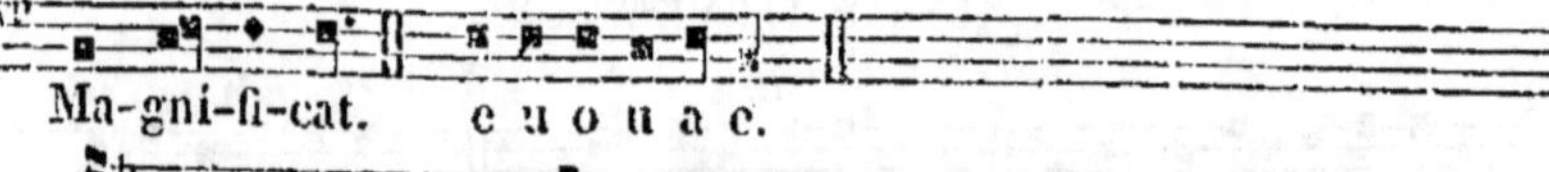

POUR LES CANTIQUES ÉVANGÉLIQUES.

SEPTIÈME TON.

AUTRES TERMINAISONS.

(27) Cette terminaison en C, celle en a du 3e. ton, et celle du 6e. en F et en F, ne sont point en rapport avec la quantité syllabique, parce qu'elles ont deux notes liées, correspondant à l'antépénultième syllabe qui est presque toujours brève ou demi-brève.

c.   d.   d.

e u o u a e.   e u o u a e.   e u o u a e.

HUITIÈME TON.

Intonation.   *Médiante.*   *Terminaison.*

G.

Di-xit Do-mi-nus Do-mi-no me-o : * Se-de à dex-tris me-is.

POUR LES CANTIQUES ÉVANGÉLIQUES.

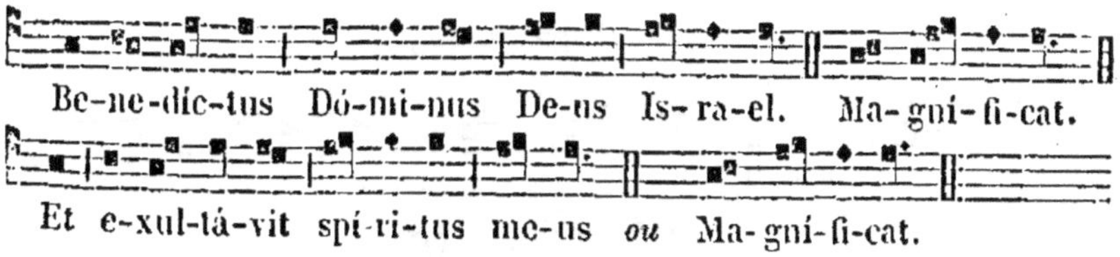

Be-ne-dic-tus Dó-mi-nus De-us Is-ra-el.   Ma-gni-fi-cat.

Et e-xul-tá-vit spí-ri-tus me-us *ou* Ma-gni-fi-cat.

AUTRES TERMINAISONS.

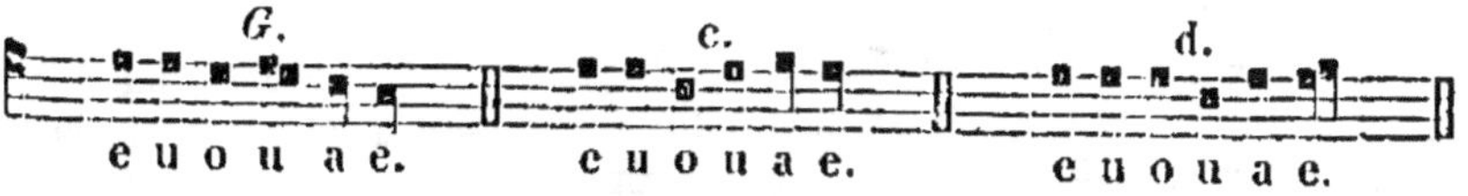

G.   c.   d.

e u o u a e.   e u o u a e.   e u o u a e.

139.   ## TONS IRRÉGULIERS.

PREMIER TON.

Intonation.   *Médiante.*

A.

In e-xi-tu Is-ra-el de E-gyp-to , do-mus Ja-cob de po-pu-

Terminaison.

lo bar-ba-ro.   Fac-ta est Ju-dæ-a sanc-ti-fi-ca-ti-o e-jus

Is-ra-el po-tes-tas e-jus.   Ma-gni-fi-cat. (28)

DEUXIÈME TON.

Intonation.   *Médiante.*   *Terminaison.*

A
ou
D.   Di-xit Do-mi-nus Do-mi-no me-o : * Se-de à dex-tris me-is.

Ma-gni-fi-cat.

---

(23) Les deux clefs que l'on trouve à quelques tons, indiquent que ces chants peuvent
s'adapter à une Antienne du même ton, quelle que soit la position de la clef.

Dans quelques morceaux, il arrive parfois que l'on change de clef, lorsque les notes
doivent s'élever beaucoup au-dessus des lignes ou descendre beaucoup au-dessous. Le
chantre, dans ce cas, doit faire attention à ce changement, et conserver aux notes
dans la nouvelle clef, le ton qu'elles avaient dans la première, sans s'occuper des lignes.

QUATRIÈME TON.

POUR LES CANTIQUES ÉVANGÉLIQUES.

AUTRES TERMINAISONS.

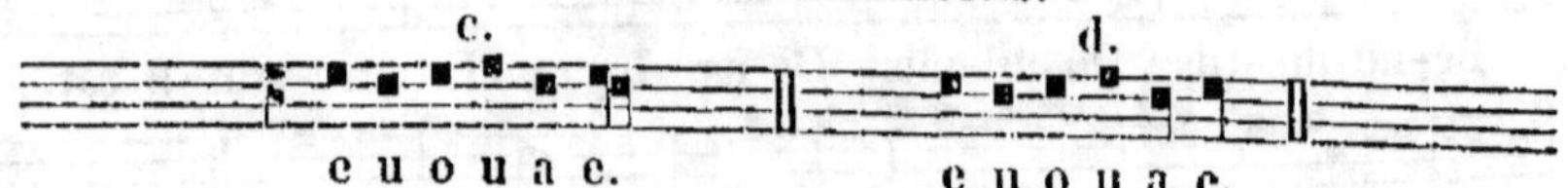

CINQUIÈME TON.

SIXIÈME TON.

POUR LES CANTIQUES ÉVANGÉLIQUES.

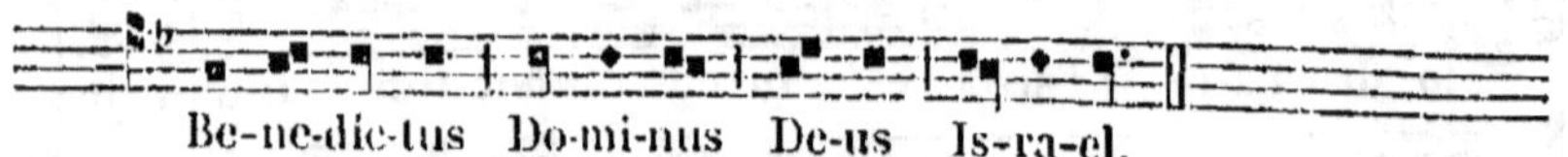

CE QUE L'ON DOIT OBSERVER DANS LE CHANT
DES PSAUMES.

140. — Il y a quatre choses à distinguer et à observer dans le chant des Psaumes : 1°. l'*Intonation* ; 2°. la *Teneur* ; 3°. la *Médiante* ; 4°. la *Terminaison*.

DE L'INTONATION.

141. — L'*Intonation* est une modulation qui conduit à la dominante (N°. 99), et qui se fait au commencement des Psaumes et des Cantiques, au premier verset seulement quand on double l'Antienne. Aux autres Versets et même au premier lorsqu'on ne double pas l'Antienne, on entonne *recto tono* (tout droit), sur la dominante, c'est-à-dire que l'on ne fait point de modulation.

(29. Cette terminaison, quoique incomplète, se désigne par une *Majuscule*.

142. — Aux Cantiques *Magnificat* et *Benedictus*, quand l'orgue alterne avec le chœur, on fait l'intonation à chaque verset, à moins que l'on ne chante en faux-bourdons (N°. 222.)

143. — Parmi les intonations, les unes sont *liées*, et les autres n'ont pas de *liaison*.

144. — On appelle *intonations liées*, celles où deux notes se font sur la même syllabe : ce qui a lieu dans le 1er., le 4e., le 6e. et le 7e. ton.

145. — Les *intonations non-liées*, sont celles où chaque syllabe n'a qu'une seule note, comme dans le 2e., le 5e. et le 8e. ton. Toutefois, le 2e. ton en A ou *D* a son intonation liée.

146. — Dans les *intonations liées*, d'après le système de quantité psalmodique (N°s. 126 et suivants), si la seconde syllabe est *brève* ou *demi-brève*, elle ne compte pas, mais c'est la syllabe suivante qui la remplace dans l'application des notes.

DE LA TENEUR.

147. — La *Teneur* est une suite de notes qui se chantent sur la dominante, depuis l'*intonation* (N°. 144) jusqu'à la *médiante* (N°. 149), et depuis la *médiante* jusqu'à la *terminaison* (N°. 158.)

148. — On doit, sur la teneur,

1°. Observer la quantité psalmodique ;

2°. Chanter moins lentement qu'à la médiante et à la terminaison ;

3°. Faire une pause à l'astérique * qui est au milieu du verset ;

4°. Ne faire, autant que possible, de pause que quand la ponctuation en indique ;

5°. Faire une demi-pause avant la médiante et la terminaison, autant que le sens des paroles le permet, afin de reprendre haleine pour la médiante et la terminaison ;

6°. Mettre un petit intervalle entre la fin d'un verset et la reprise du suivant, et, pour cela, ne pas traîner sur les finales.

DE LA MÉDIANTE.

149. — La *Médiante* est une modulation qui a lieu vers le milieu de chaque verset de Psaumes et de Cantiques, avant l'astérique.

150. — Dans le 1er. ton (lorsqu'il n'est point en A), et dans le 6e. en F, la médiante se fait sans élévation ; elle consiste seulement à allonger les deux dernières syllabes, si ce sont deux longues, ou l'antépénultième et la dernière, si la pénultième est brève, et à faire une petite pause à l'astérique.

151. — Dans le 2e., le 3e., le 5e., le 6e. en *F*, le 7e. et le 8e. ton, la médiante consiste à élever la voix au-dessus de la teneur (N°. 147);

dans le 1er. en A et le 4e. en à, la médiante se fait en baissant au-dessous de la teneur; et dans le 4e. ton en c et le 6e. en C, la médiante se fait au-dessous et au-dessus de la teneur.

152. — Pour faire la médiante, il faut deux syllabes pleines sans compter les brèves, dans le 2e., le 5e. et le 8e. ton; quatre syllabes pleines dans le 2e. ton en A ou *D*, dans le 3e., le 4e., le 6e. en *F* et en C, et dans le 7e. ton. (Voir le tableau, No. 138 et 139.)

153. — La médiante est assujettie à trois règles dont les deux premières sont générales, et sont également applicables à la terminaison et au chant des Épîtres, Leçons, Évangiles, Oraisons, Capitules, etc.

154. — Première Règle. Si la pénultième syllabe de cette première partie du verset est *brève*, elle ne compte pas, et la note qui y correspondait s'applique sur la syllabe précédente. La brève se fait comme la note qui suit.

Les syllabes *e*, *no*, *po* sont nulles; c'est comme s'il y avait *ariles*, *ipem*, *temre*.

Cependant, dans le 4e. ton, s'il se trouve une syllabe brève sur la première note de la médiante, elle compte, mais se chante plus rapidement.

155. — Seconde Règle. Dans les médiantes qui commencent par une seule élévation de voix au-dessus de la dominante, cette élévation ne doit jamais se faire : sur une syllabe *brève*; ni sur la dernière syllabe d'un mot. Dans ce cas, on anticipe l'élévation sur la syllabe précédente.

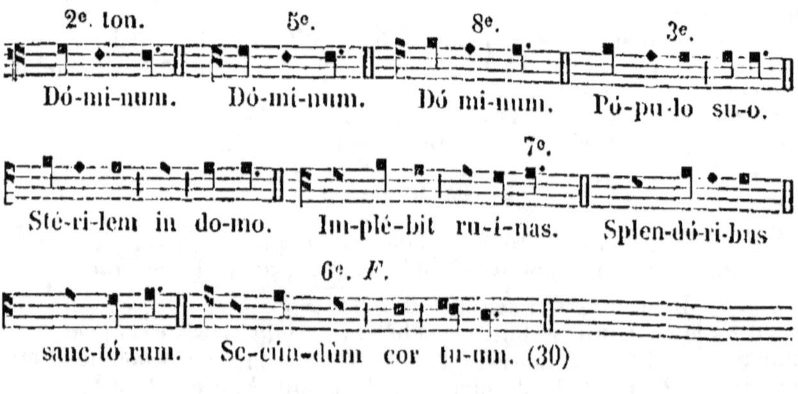

---

(30) Quant au chant du *Domine salvum* qui fut l'objet de grandes discussions entre les hommes de l'art, nous croyons inutile d'émettre ici notre opinion. C'est un point sur lequel tout le monde paraît aujourd'hui d'accord.

On n'élève pas non plus la voix sur un monosyllabe (31) qui appartient, par le sens, au mot précédent plutôt qu'au suivant. Mais si le monosyllabe est joint d'une manière plus prochaine au mot qui suit qu'à celui qui précède, l'élévation doit se faire sur ce monosyllabe.

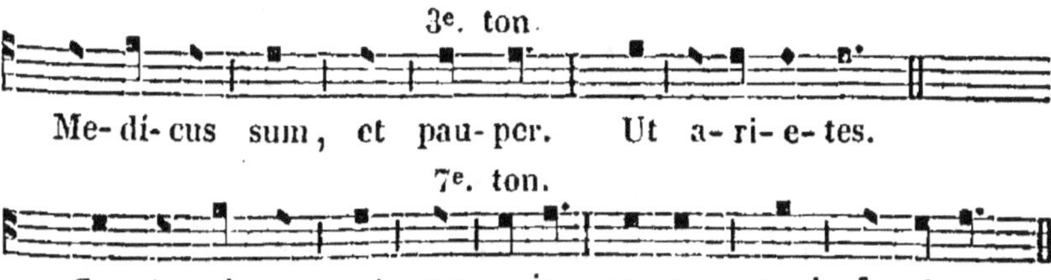

S'il y a deux monosyllabes unis entre eux plus prochainement qu'avec les mots précédents ou suivants, ou s'ils appartiennent au mot qui suit plutôt qu'à celui qui précède, l'élévation doit se faire sur le premier des deux monosyllabes.

Lorsqu'il y a trois monosyllabes, l'élévation doit se faire sur le second :

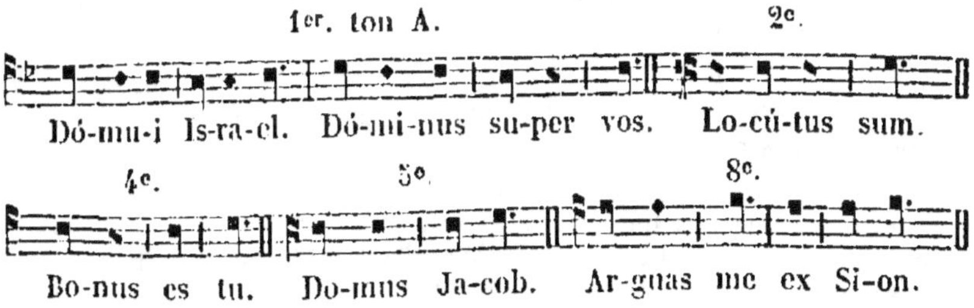

156. — Troisième Règle. Si la médiante se termine par un monosyllabe ou par un mot hébreu indéclinable, comme *David*, *Israel*, *Jacob*, *Jerusalem*, *Sion* (32), au 1er. ton en A, au 2e. (excepté celui en A ou D), au 4e., au 5e., au 7e. et au 8e. ton, on élève la voix sur le monosyllabe ou sur la dernière syllabe du mot hébreu, d'un ton au-dessus de la dominante, ce qui équivaut à supprimer, dans ces tons, la dernière note de la médiante.

157. — Pour le 4e. et le 7e ton, les rubriques du diocèse veulent que l'on chante ainsi ces sortes de médiantes.

<hr>

(31) Mot qui n'a qu'une seule syllabe.
(32) Mot qui s'écrit toujours de la même manière.

4ᵉ. ton.

Nota. Cette manière de chanter est très-peu usitée aujourd'hui, et nous pensons, avec les meilleurs chantres, qu'il vaut mieux suivre les exemples cités au Nᵒ. 156.

DE LA TERMINAISON.

158. — La *Terminaison* est une modulation par laquelle on finit chaque verset des Psaumes et des Cantiques.

159. — On a introduit dans la psalmodie, un grand nombre de terminaisons, afin de la rendre plus agréable par la variété. On compte 42 terminaisons.

160. — Les Cantiques ont quelquefois des intonations et des médiantes un peu différentes de celles des Psaumes, mais toujours les mêmes terminaisons.

161. — Il y a trois espèces de terminaisons : les *terminaisons complètes*, les *incomplètes* et les *plus-que-complètes*.

162. — Les *terminaisons complètes* aboutissent précisément à la finale de leur ton.

163. — Les *terminaisons incomplètes* ne descendent pas jusqu'à la finale de leur ton.

164. — Les *terminaisons plus-que-complètes* descendent au-dessous de la finale du ton (33).

165. — Avant chaque Antienne, on trouve dans les livres de chant une suite de notes sans paroles, un chiffre et une lettre.

166 — Cette suite de notes qui précèdent l'Antienne, est la terminaison du Psaume ou du Cantique.

167. — La première de ces notes indique toujours la dominante du ton.

168. — Le chiffre désigne le ton.

169. — La lettre sert à faire distinguer les différentes espèces de terminaisons de chaque ton.

170. — Les lettres *majuscules* indiquent les terminaisons *complètes*.

171. — Les lettres *minuscules* désignent les terminaisons *incomplètes* et *plus-que-complètes* (34).

172. — Ces lettres, dont nous nous servons pour désigner les diverses terminaisons des tons, nous viennent des anciens qui ne connaissaient pas les notes, et les figuraient par les sept premières lettres de l'alphabet, dans cet ordre, en commençant par le *la* (35).

---

(33) Le Maître doit exercer les élèves à trouver dans le tableau des divers tons, les *terminaisons complètes*, *incomplètes* et *plus-que-complètes*.

(34) Excepté dans le 4ᵉ. ton où l'on rencontre une terminaison *incomplète* indiquée par A, et une autre *plus-que-complète* désignée par D.

(35) Voir ce que nous avons dit, concernant les lettres, dans l'Historique du *Plain-chant* (Nᵒ. 1ᵉʳ.)

A, B, C, D, E, F, G.
la, si, ut, ré, mi, fa, sol.

Ainsi la lettre A ou *a* signifie que le Psaume finit sur le *la* ; B ou *b* sur le *si* ; C ou *c* sur l'*ut* ; D ou *d* sur le *ré* ; E ou *e* sur le *mi* ; F ou *f* sur le *fa* ; G ou *g* sur le *sol* (37).

173. — Les lettres *e, u, o, u, a, e*, que l'on trouve dans le tableau, pour indiquer la terminaison des Psaumes, représentent les syllabes *seculorum amen.*

174. — Dans tous les Offices des trois derniers jours de la Semaine-Sainte, le dernier verset du Psaume se termine toujours en abaissant d'un demi-ton au-dessous de la dominante les deux dernières syllabes ou les trois dernières, si la pénultième est *brève* ; sans aucune modulation.

175. — La terminaison est assujettie aux deux premières règles de la médiante (N°s. 454 et 155.) Voici toutefois quelques explications que nous croyons indispensables.

176. — Pour la terminaison, le 1er. ton en A, le 2e. en D, le 3e. en *a*, en *b*, en *c*, le 4e. en *E*, en à, le 6e. en C et le 8e. en *d*, ont trois syllabes pleines, sans compter les *brèves* qui se font généralement comme les syllabes précédentes.

177. — Les terminaisons du 4e. ton (excepté celui en *E*), ont cinq syllabes. S'il se trouve une syllabe *brève* dans la première partie de la terminaison, elle compte numériquement ; mais dans la seconde partie, elle ne compte pas et se fait comme la syllabe précédente, à moins que celle-ci n'ait deux notes ; alors la brève se fait comme la syllabe suivante.

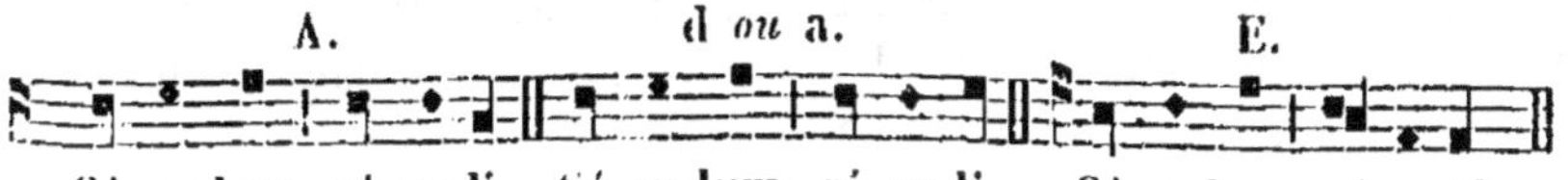

178. — Dans tous les autres tons et finales, la terminaison a quatre syllabes. La *brève* compte numériquement dans la première partie de la terminaison (excepté dans le 7e. ton et le 6e. en à), où elle se fait comme la note précédente (N°. 476.) Mais s'il se trouve une brève dans la seconde partie de la terminaison, elle se fait comme la syllabe pénultième. Cependant, si la pénultième a deux notes, la brève se fait comme la suivante. Si les deux dernières syllabes ont chacune deux notes, la brève doit se faire comme la pénultième.

179. — D'après ces principes, si l'antépénultième syllabe de la terminaison correspond à deux notes liées, et si cette syllabe est *demi-brève* (37), alors on fait deux rhomboïdes.

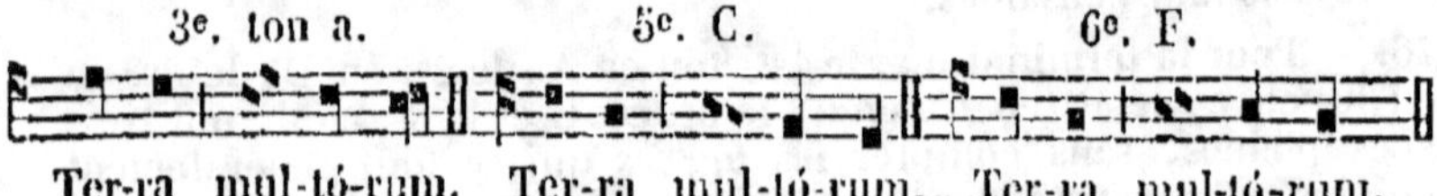

180. — Le verset terminée par deux monosyllabes, suit la règle des mots de deux syllabes, c'est-à-dire que la première est longue parfaite.

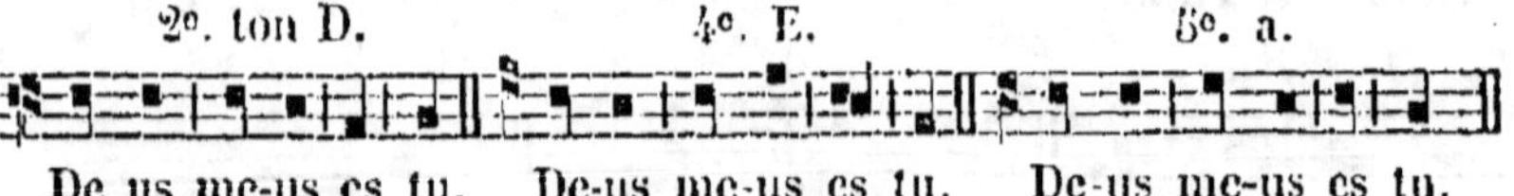

181. — Lorsque le verset est terminé par un seul monosyllabe, la dernière syllabe du mot précédent devient demi-brève, pourvu qu'elle soit elle-même précédée d'une longue. Ceci n'a lieu *absolument* que dans les cas où les syllabes de la terminaison n'ont qu'une note.

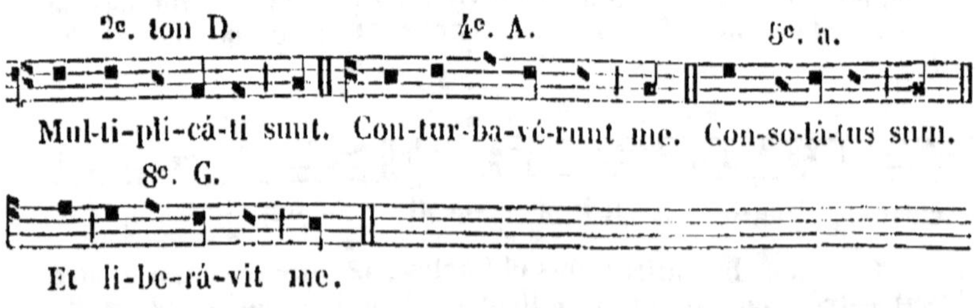

182. — Mais si la pénultième syllabe du mot est précédée d'une brève, il y a divergence d'opinions. Les uns prétendent que cette syllabe qui est brève par sa nature, devient longue par sa position; les autres veulent que cette brève reste brève, et que la dernière syllabe soit longue, quoique suivie d'un monosyllabe. D'après ces deux données, on doit donc chanter

---

37 Voir N°. 180 et 151 pour les cas où cette syllabe est *brève.*

183. — Quand la pénultième syllabe d'un mot suivi d'un monosyllabe est *brève*, et que la dernière correspond à deux notes liées, on est incontestablement obligé de faire *longue* cette dernière syllabe qui devient la pénultième de la terminaison.

184. — Pour faciliter la pratique des règles que nous venons d'établir sur la psalmodie, voici un tableau où se trouve renfermé, en abrégé, tout ce que nous avons dit dans cet article. On ne saura jamais la psalmodie qu'imparfaitement, si on ne se l'est bien gravée dans la mémoire. Ce tableau contient le *chiffre*, la *lettre*, la *clef*, l'*intonation*, la *dominante*, la *médiante* et la *terminaison complète* de chaque ton.

185.   **TONS RÉGULIERS.**

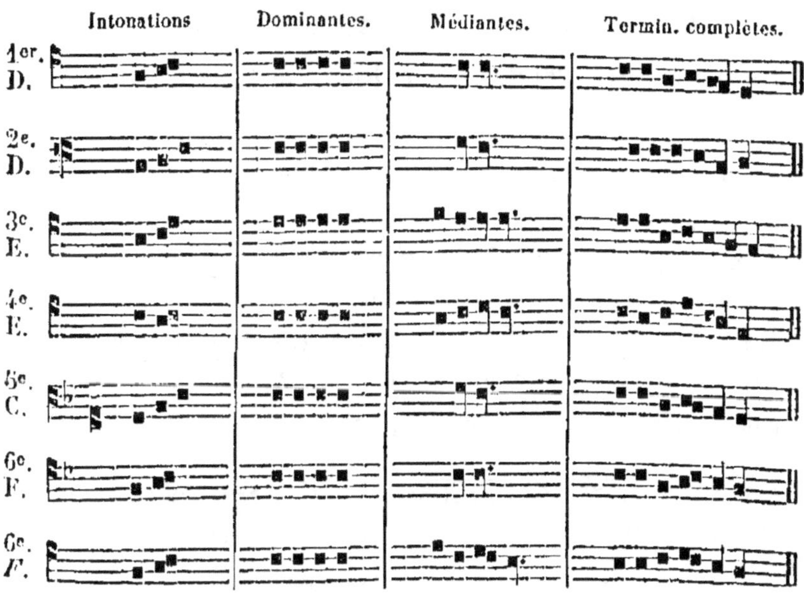

DU CHANT DU DEUS IN ADJUTORIUM.

187. — Le *Deus in adjutorium* se chante avant chaque Office et sur ce ton :

Depuis la Septuagésime jusqu'à Pâques, au lieu d'*Alleluia*, on chante :

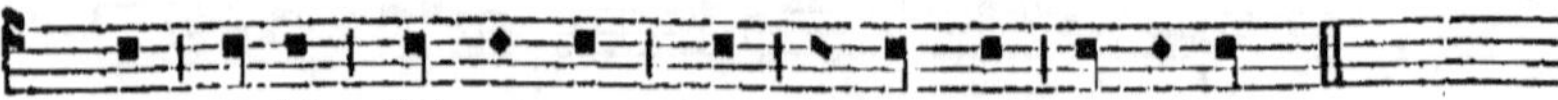

DU CHANT DES HYMNES.

188. — Les Hymnes se composent de plusieurs strophes qui se chantent sur le même ton. La première strophe seule est notée dans les livres. On laisse aux chantres le soin d'appliquer les *notes* aux strophes suivantes.

189. — Le crochet qui se rencontre vers le milieu ou à la fin du premier vers de chaque Hymne, doit être supprimé aux strophes suivantes.

190. — Lorsque dans les Hymnes, il se trouve un excès de syllabes dans certains vers, c'est-à-dire que quand de deux mots voisins, le premier finit par une voyelle seule ou avec un *m*, et que le second mot commence par une voyelle ou une *h*, les rubriques défendent de faire aucune élision ou retranchement, comme dans *Infunde amorem*, dans le *Veni, Creator* ; *Monstra te esse*, dans l'*Ave, maris stella* ; *Cœli lucem habitabimus*, *Ipso in fonte videbimus*, dans l'Hymne des Laudes de la Toussaint.

191. — Cet excès de syllabes peut se rencontrer dans deux circonstances différentes : 1°. la syllabe peut n'avoir qu'une seule note, et comme elle ne compte pas dans la *mesure* poétique du vers, il faut la couler sur la note de la syllabe qui précède ou qui suit, selon que le goût et l'oreille l'indiquent ; 2°. mais si la syllabe qui précède ou qui suit celle dont la mesure poétique demande le retranchement, a plusieurs notes, on doit détacher une de ces notes pour l'appliquer à la syllabe que l'on a de trop.

Ainsi on ne doit pas chanter

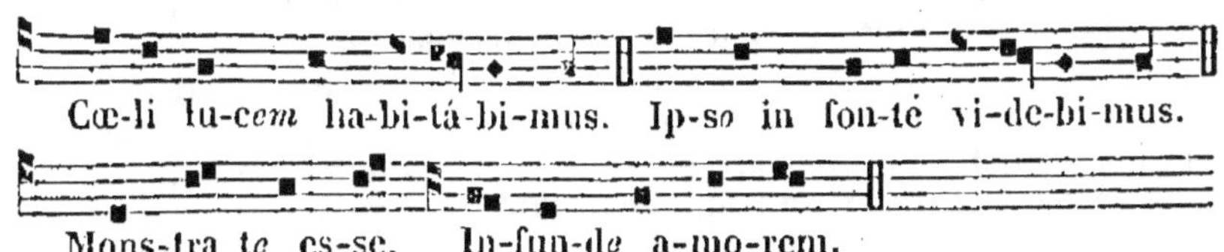

Mais on doit chanter :

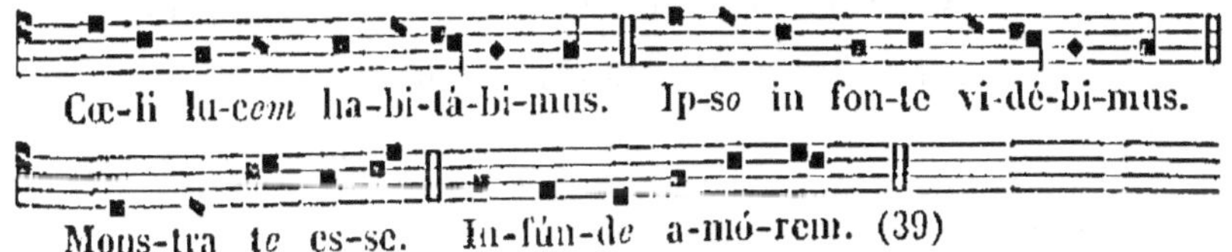

192. — Les deux règles ci-dessus peuvent s'employer dans les chants à notes carrées ; mais on ne saurait en faire l'application aux Hymnes en chant musical. Alors il faut nécessairement retrancher l'une des deux voyelles comme *se in artus* de l'Hymne de l'Annonciation de la Sainte Vierge (5e. strophe), que l'on prononce : *s'in artus* ou bien *se n'artus*.

193. — Dans quelques Hymnes telles que *Virgineis titulis*, *Virgo Dei genitrix*, il y a des strophes où les vers n'ont pas le même nombre de syllabes que leurs correspondants dans la strophe notée ; alors, pour faire correspondre le chant avec celui de la première strophe, on est quelquefois obligé de prononcer *deux* syllabes pour *une*, ou *une* pour *deux*, selon que les vers sont trop courts ou trop longs.

194. — Dans les Hymnes où il se trouve une note longue sur une syllabe de la première strophe, mais qui ne convient pas à la même syllabe du vers correspondant des strophes suivantes, pour conserver

---

(39) Cependant les meilleurs auteurs de chant prétendent que l'élision est d'une nécessité indispensable dans les phrases de ce genre, et ils prononcent : *Cœli luc' habitabimus*, *ips' in fonte*, *monstra t'esse*, *infund' amorem*.

l'uniformité, il faudrait faire cette syllabe brève, même à la première strophe, à moins que cela ne choquât trop. Il y a réciprocité si cette syllabe est brève à la première strophe. On peut aussi avancer ou reculer les syllabes qui ont plusieurs notes.

Dans le second vers du *Vênere mundo*, il y a trois notes sur la troisième syllabe, ce qui oblige de faire l'élévation sur des brèves dans la 3º. et la 4º. strophe. Pour éviter cette rencontre, il vaudrait beaucoup mieux faire trois notes sur la seconde syllabe *ris* de *puris* au lieu de les faire sur *sa* première de *sacranda*.

On devrait chanter :

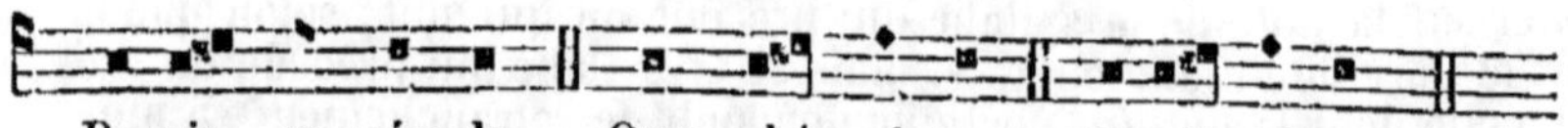

Il serait encore plus régulier de faire rhomboïdes les deux syllabes *ri*, afin d'être tout-à-fait d'accord avec la première strophe. Mais il est des cas où il serait impossible de faire aucun changement sans choquer l'oreille et sans violer les règles de la quantité.

Dans certaines Hymnes, on n'a pas égard à la valeur des syllabes, car on trouve des brèves sur la première et la dernière syllabe des mots ; il y a quelquefois même deux ou trois brèves de suite : on doit se conformer au chant, et, autant que possible, conserver une mesure régulière.

Nota. Le Maître doit exercer ses élèves à adapter sur le chant de la première strophe des Hymnes, les strophes qui ne sont pas notées.

DU CHANT DES LEÇONS (40).

195. — A Matines (excepté à l'Office des Morts et des Ténèbres), celui qui doit chanter une leçon, demande la bénédiction, en disant : *Jube, domne, benedicere.* Si c'est Monseigneur l'Évêque qui doit la chanter, au lieu de *domne*, il dit : *Domine*, et le chœur répond *amen.* La même chose a lieu lorsqu'il ne se trouve qu'un seul prêtre au chœur, et qu'il doit chanter une leçon.

Les leçons se chantent ainsi :

196.   *Au Point (.).*

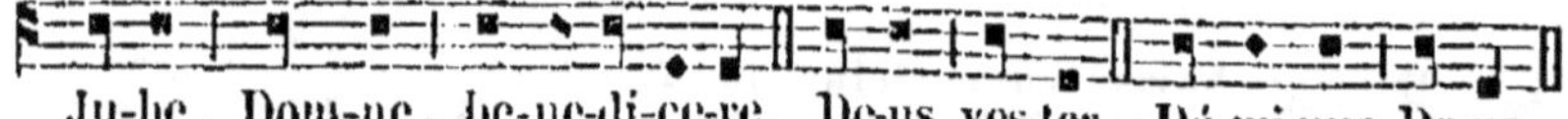

197.   *Au deux-points (:) et au point-virgule (;).*

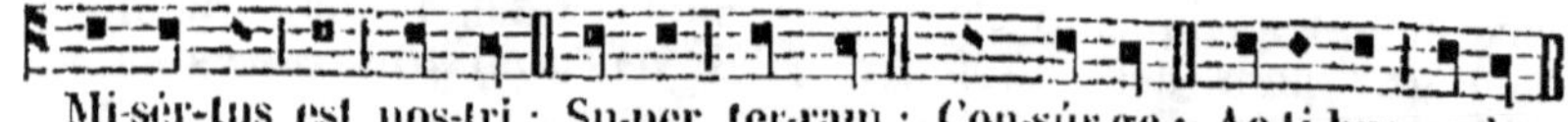

198. — Lorsque l'avant-dernière syllabe du mot suivi d'un *point*, d'un *deux-points* ou d'un *point-virgule*, est *brève*, elle ne compte pas ; mais elle se fait sur le même ton que la dernière.

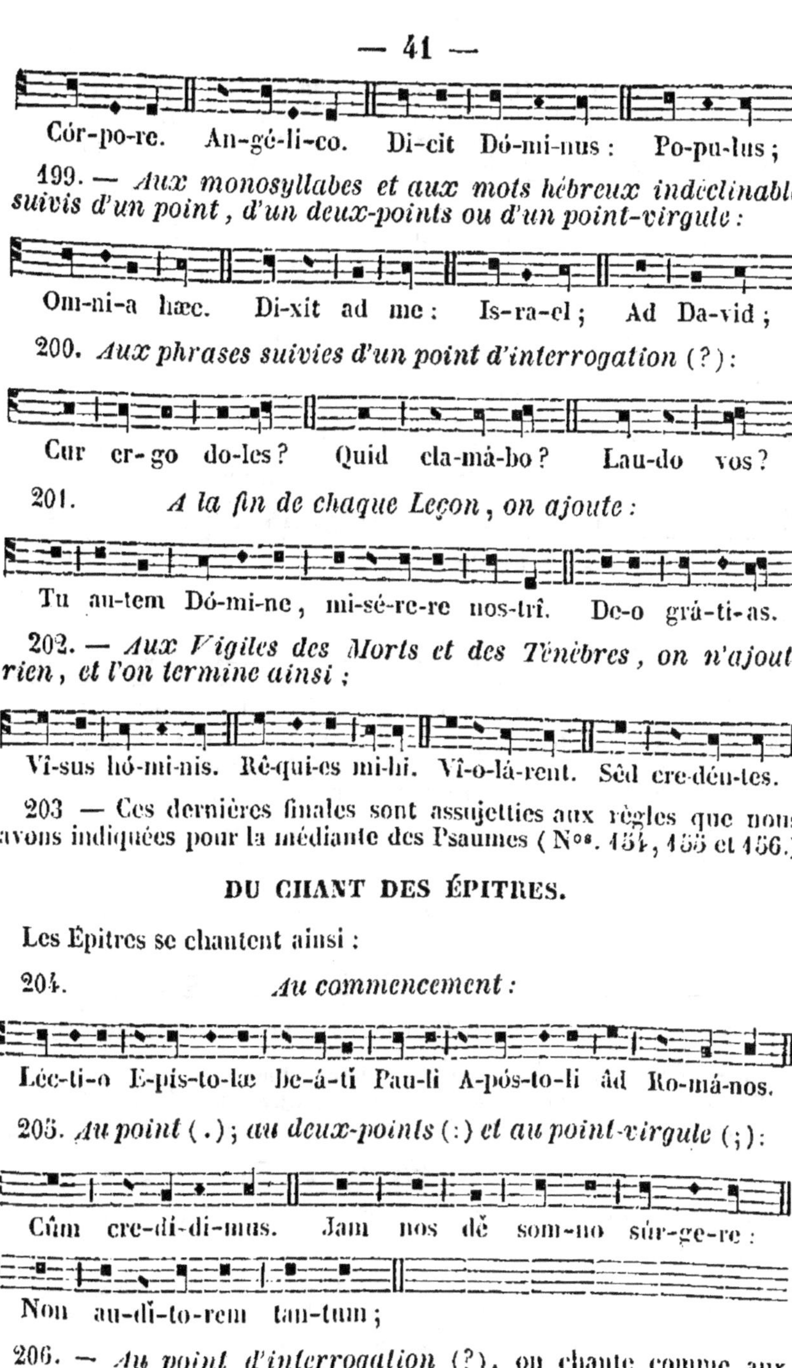

199. — *Aux monosyllabes et aux mots hébreux indéclinables suivis d'un point, d'un deux-points ou d'un point-virgule :*

200. *Aux phrases suivies d'un point d'interrogation (?) :*

201.   *A la fin de chaque Leçon, on ajoute :*

202. — *Aux Vigiles des Morts et des Ténèbres, on n'ajoute rien, et l'on termine ainsi :*

203 — Ces dernières finales sont assujetties aux règles que nous avons indiquées pour la médiante des Psaumes (Nos. 154, 155 et 156.)

DU CHANT DES ÉPITRES.

Les Épitres se chantent ainsi :

204.   *Au commencement :*

205. *Au point (.) ; au deux-points (:) et au point-virgule (;) :*

206. — *Au point d'interrogation (?),* on chante comme aux Leçons (N°. 200.)

207.   .   *A la fin des Épitres :*

208. — Ces différentes modulations sont indiquées dans les Livres d'Offices soigneusement imprimés, savoir : 1°. le *point*, par un accent circonflexe (^) placé sur la syllabe où doit se faire l'élévation ; 2°. pour le *deux-points* et le *point-virgule*, par ce signe en forme de v ou d'accent circonflexe renversé (ˇ), placé sur la syllabe qui doit être baissée ; 3°. un *point d'interrogation* renversé (¿) indique une phrase terminée par un semblable point naturel ; 4°. Enfin le v et l'étoile (ˇ *), placés comme dans le N°. 207, indiquent la terminaison de l'Épître (41).

DU CHANT DES PETITS VERSETS.

209.　　　　*Après l'Hymne des Vêpres et des Laudes.*

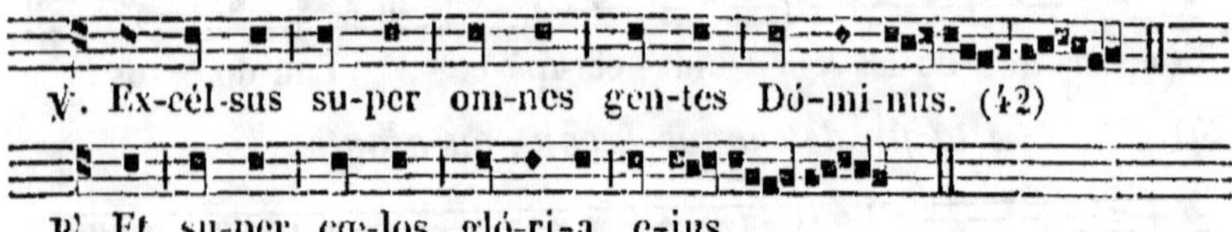

℣. Ex-cél-sus su-per om-nes gen-tes Dó-mi-nus. (42)

℞. Et su-per cœ-los gló-ri-a e-jus.

210.　　　　　*Après l'Hymne des Matines.*

℞. Re-cor-da-tus est Dó-mi-nus mi-se-ri-cor-di-æ su-æ.

℞. Et ve-ri-tá-tis su-æ dó-mu-i Is-ra-el.

211. — *Après les Mémoires, à l'Office des Morts, avant les Leçons, aux Petites Heures, aux Prières de Prime, des Laudes, des Vêpres, etc., les petits Versets se chantent en baissant d'une tierce mineure la dernière syllabe, et les deux dernières lorsque la pénultième est brève.*

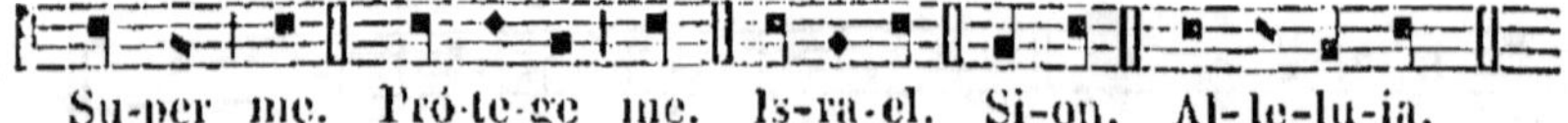

Sa-cer-dó-tes... in-du-án-tur jus-tí-ti-am　Et sanc-ti... ex-úl-tent. (43)

212. — *Si le Verset finit par un monosyllabe ou un mot hébreu indéclinable, alors on baisse d'une tierce mineure sur la pénultième, puis on remonte à la dominante sur la dernière syllabe.*

Su-per me.　Pró-te-ge me.　Is-ra-el.　Si-on.　Al-le-lu-ia.

---

(41) Ces signes ont toujours existé dans le Missel ; mais c'est à M. CARON-VITET que l'on doit cette heureuse introduction dans les Livres d'Offices ordinaires, qu'il a toujours édités avec tant de soins et de goût.

Un digne Ecclésiastique, maître de chant distingué, propose, dans sa Méthode, d'appliquer aux Psaumes les signes des Épitres ; ce qui, selon nous, faciliterait aux Élèves, l'étude si difficile de la Psalmodie.

(42) Lorsque le Verset se chante avec Neume (N°. 258), comme dans les N°s. 209 et 210, le Chœur n'y répond point ; mais il termine tout bas pendant le Neume. (Rubriques d'Amiens.) Nous pensons qu'il est plus convenable de répondre tout haut comme nous l'indiquons ci-dessus. Cet usage est adopté dans beaucoup de Paroisses.

(43) Le *Domine exaudi orationem meam* se chante aussi de cette manière.

213. *Avant les Leçons des Ténèbres.*

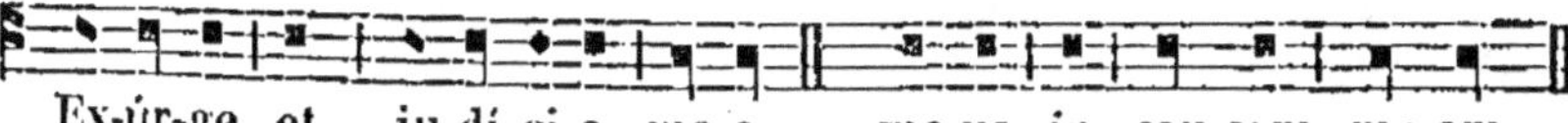

214. *A la bénédiction du Saint-Sacrement.*

Le Prêtre.   Le Chœur.

215. — L'*Et cum spiritu tuo*, l'*Amen*, après les *Oraisons* et le *Requiescat in pace*, le *Deo gratias* après les *Capitules* se chantent ainsi :

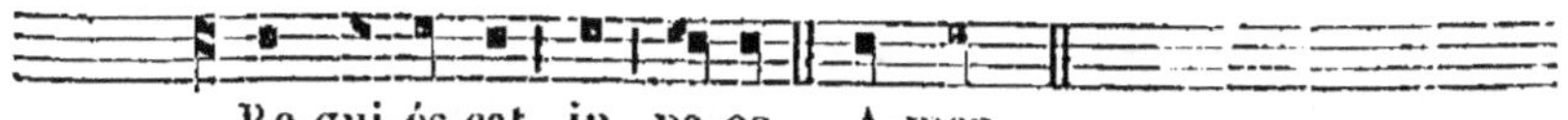

216. — A la fin de l'*Absoute des Morts*, le *Requiescat in pace* se chante ainsi :

DU CHANT DES LITANIES.

217. — Le chant des *Litanies* est assujetti aux mêmes règles que la médiante des Psaumes et des Cantiques. (N°s. 154, 155 et 156.)

MANIÈRE DE CHANTER A L'UNISSON.

218. — Chanter à *l'unisson*, c'est chanter les différentes pièces qui composent un Office sur la même *dominante*.

219. — Pour chanter un Office sans instrument, sur la même dominante, il faut faire le *fa* dominante du 2e. ton, l'*ut* dominante du 3e., du 5e. et du 8e. ton, et le *ré* dominante du 7e., sur le *la* dominante du 1er. ton. Quant au 4e. et au 6e. ton, leur dominante est *la* comme le 1er. ton.

220. — Dès qu'on a fini une pièce de chant et que l'on doit en recommencer une autre de suite, on remonte à la note dominante du ton que l'on finit, et le son du *la*, si la dominante du ton que l'on finit est *la*, on le donne au *fa* du ton suivant si la dominante est *fa* ; on donne le même son à l'*ut* du ton suivant si la dominante est *ut*, et de cette note on descend ou l'on monte à la note qui commence la pièce.

EXEMPLE :

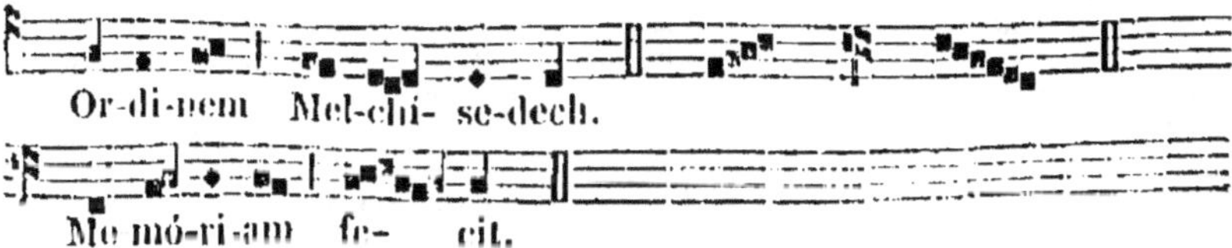

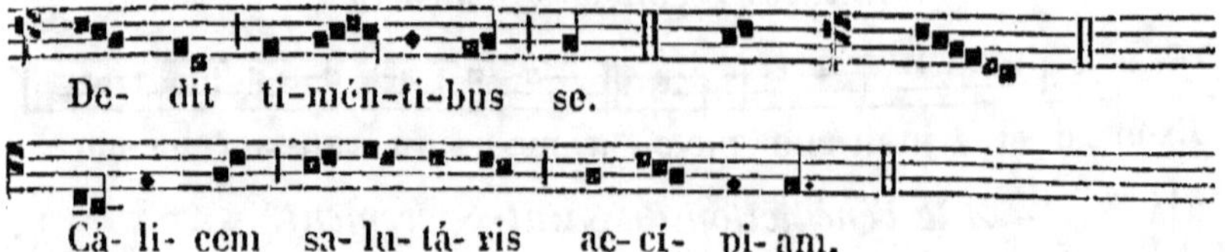

221. — On prend une dominante plus ou moins haute, suivant les pièces, les Offices et les jours (44). Le serpent est très-utile pour la régler. Généralement le *fa* du serpent (45) est la dominante des jours ordinaires; le *sol*, des jours de Fêtes. Le *la* est la dominante des Psaumes en *faux-bourdon* (N°. 222), et de quelques pièces extraordinaires, comme les Proses, les Hymnes mesurées. Lorsque l'on chante un Psaume en faux-bourdon, quoique l'on chante en *la*, l'Antienne doit être chantée en *fa* ou en *sol*.

DU FAUX-BOURDON.

222. — Le *Faux-Bourdon* (46) est un genre de composition de plain-chant à notes contre notes, dans lequel on place ordinairement le plain-chant au *tenor*, en lui donnant une basse qui procède par accord parfait (47).

223. — Dans les faux-bourdons, il est essentiel, surtout dans la médiante et la terminaison, de s'accorder mots pour mots, syllabes pour syllabes, et de chanter en même temps les notes qui se correspondent.

Les faux-bourdons ne sont pas obligatoires; mais lorsqu'ils sont bien chantés, ils donnent beaucoup de dignité à l'Office divin.

Le faux-bourdon fut d'abord employé dans les Psaumes pour en rompre la monotonie; par la suite, on l'introduisit dans les Proses, les Hymnes et autres morceaux de chant (48).

DES RUBRIQUES DU PLAIN-CHANT.

225. — On appelle *Rubriques du Plain-Chant*, les règles indiquant la manière de chanter les divers morceaux qui composent l'Office divin.

DE L'INVITATOIRE.

226. — L'*Invitatoire* (49) est une Antienne des Matines, très-courte, qui annonce le sujet de l'Office.

227. — Ceux qui doivent chanter le Psaume *Venite*, chantent d'abord l'invitatoire en entier; le Chœur le répète aussitôt, ainsi

---

(44) Il faut aussi consulter l'étendue des voix du Chœur.

(45) La clef de *fa* sur la 3e. ligne, comme dans le 2e. ton, est le *fa* naturel du serpent. C'est le seul où le serpent ne transpose pas.

(46) Le mot *faux-bourdon*, formé du latin *fauces*, la gorge, voix de *fausset*, et de *bourdon*, jeu grave de l'orgue, semble indiquer que cette espèce de chant était surtout exécutée par des voix aiguës (des voix d'enfants), et par des voix très-graves.

(47) L'accord parfait se compose, dans tous les tons, de la finale, la tierce, la quinte et l'octave.

(48) Les *Faux-Bourdons* se trouvent dans les livres d'Offices notés.

(49) Invitatoire signifie qui *invite* à louer Dieu.

qu'après le 1er., le 3e. et le 5e. verset du Psaume ; après le 2e., le 4e., et *Gloria Patri* ou *Requiem æternam*, à l'Office des Morts, le Chœur ne reprend que la réclame à l'astérique *. Après la dernière réclame, ceux qui ont chanté le Psaume reprennent seuls les premiers mots de l'invitatoire, et le Chœur termine. Au Temps Pascal, on ajoute *Alleluia* à la fin de l'invitatoire, s'il n'y en a pas de propre, on en trouvera, dans les grands livres, pour tous les tons, après les chants du *Venite*.

DU CROCHET.

228. — Le *Crochet* est une modulation qui a lieu avant la double barre placée ordinairement au commencement des Antiennes et des Répons, pour déterminer la longueur de l'intonation. Il se fait en chantant une note au-dessus et une au-dessous de celle qui termine l'intonation, et par laquelle on doit finir. Le crochet est d'usage après toutes les intonations, pour avertir le Chœur que c'est à lui à re-prendre ; mais si le choriste ou autre doit poursuivre seul ce qu'il a entonné, il ne fait de crochet qu'à la fin de ce qu'il chante, à moins que la finale n'indique assez par elle-même que c'est au Chœur à reprendre, comme lorsque la pièce est bien distinguée par versets ou strophes.

DE L'ANTIENNE.

229. — Dans les rubriques de la psalmodie, on appelle *Antienne* (50) le verset qui se chante en tout ou en partie avant un Psaume ou un Cantique. L'Antienne se répète toujours en entier après le Psaume.

230. — On entonne toujours l'*Antienne* avec crochet (51), et lors-qu'elle ne se double pas, celui qui l'entonne doit terminer, autant que possible, son intonation sur la dominante du ton, pour faciliter au choriste l'intonation du Psaume qui doit être entonné *recto tono*.

231. — Lorsqu'on ne double pas l'Antienne, le Psaume s'entonne sans modulations, c'est-à-dire qu'il se prend immédiatement sur la dominante.

232. — Pour bien entonner une Antienne, il faut faire attention à la dominante du *ton*. Dans les exemples suivants, la dernière note est sur la dominante (52).

---

(50) Le mot *Antienne* signifie *chant réciproque*. Les Antiennes étaient, dans l'origine, chantées alternativement par deux Chœurs. L'usage de chanter des Antiennes est attribué à saint Ignace, évêque d'Antioche, qui vivait au commencement du deuxième siècle.

(51) Excepté à l'*Office des Morts* et des *Ténèbres*.

(52) Voir les Nos. 218 à 221 pour la manière de chanter à l'*Unisson*.

233. — Les Antiennes se doublent dans les Fêtes solennelles, dans les Fêtes de 1re. et de 2e. classe, savoir : à Matines, à Laudes, aux I. et II. Vêpres seulement.

Dans les Fêtes du rit double majeur, on ne double que les Antiennes de *Benedictus* et de *Magnificat*.

Jamais aucune Antienne ne se double dans toutes les Fêtes d'un rit inférieur.

DES RÉPONS.

234. — Le *Répons* est une Antienne qui se chante ordinairement après les Leçons ou les Capitules, et qui finit par une reprise appelée *réclame :* c'est une *réponse* à ce qui vient d'être dit.

235. — Il y a deux sortes de Répons : le *grand* Répons, qui suit les Leçons, et le Répons *bref*, qui suit le Capitule.

DES GRANDS RÉPONS.

236. — Aux Fêtes de 2e. classe et au-dessus, les *Répons* sont entonnés par les deux Choristes avec un crochet ; aux Fêtes d'un rit inférieur, par un seul Choriste. Le Chœur poursuit jusqu'au Verset (℣), qui est chanté par celui ou ceux qui ont entonné le Répons. Le Chœur fait la réclame à l'astérique (*) (53) placé dans le corps du Répons. Si l'on doit chanter *Gloria Patri*, il est chanté par ceux-là mêmes qui ont chanté le Répons. Alors le Chœur fait la réclame à l'astérique ou à la croix †, et dans le Temps Pascal, on ne fait que répéter les deux *Alleluia*. Si l'on doit reprendre le Répons tout entier, le Chœur le fait immédiatement après le *Gloria Patri* et sans crochet. Aux Processions, le Répons est toujours entonné par les Choristes, et le Chœur le poursuit. Le *Verset*, le *Gloria Patri*, les *réclames*, se chantent sans aucun crochet.

DES RÉPONS BREFS.

237. — Les *Répons brefs* se chantent selon l'Office, par un ou deux *clercs* ou *enfants de chœur*. Ils chantent d'abord la première partie du Répons avec crochet à la fin ; le Chœur le répète aussitôt sans crochet. Les clercs continuent le Verset avec crochet ; le Chœur reprend depuis l'astérique * jusqu'à la fin sans crochet. Les clercs chantent *Gloria Patri* avec crochet ; le Chœur reprend ensuite la première partie tout entière sans crochet. Les clercs chantent ensuite le petit Verset, comme nous l'avons indiqué, N°. 214, et le Chœur reprend de la même manière.

DES NEUMES.

238. — Le *Neume* (54) est une suite de notes ou de sons que l'on ajoute à la dernière syllabe des Antiennes, sur les différents tons. C'est une courte récapitulation du chant d'un mode qui se fait sans y adapter de paroles, comme étant un trait de jubilation.

---

(53) On écrit aussi *astérisque*. Nous préférons *astérique*, parce qu'il nous paraît être mieux du génie de la langue française.

(54) *Neume* vient du grec *pneuma*, qui signifie une fréquente inclinaison de tête que font les Grecs en allongeant un ton.

239. — Les rubriques marquent que l'on doit faire les *Neumes* :

1°. A toutes les Antiennes des I. et II. Vêpres des Fêtes de première classe et au-dessus ;

2°. A la première Antienne des Vêpres des Fêtes doubles de seconde classe ;

3°. A la dernière Antienne des Vêpres, des Nocturnes, des Laudes, des Heures, des Fêtes simples et au-dessus ; mais aux Fêtes simples, on omet le *Neume* à la fin de l'Antienne des Complies ;

4°. Aux Antiennes de *Benedictus* et de *Magnificat*, et à la fin de *Te Deum.*

240. — Lorsque l'on double les Antiennes, le Neume ne se fait qu'à la répétition de l'Antienne après les Psaumes ou Cantiques.

241. — On ne fait jamais de *Neumes* :

1°. Aux Mémoires ;

2°. A l'Antienne de *Nunc dimittis ;*

3°. A l'Office des Morts ;

4°. Depuis le Jeudi-Saint jusqu'au samedi après Pâques inclusivement (55).

DE L'ÉLÉVATION ET DE LA COMMUNION.

242. — On ne doit chanter l'*O Salutaris*, qu'après l'élévation du Calice. Cette strophe se chante sans Doxologie.

243. — On ne doit entonner le chant de la communion que lorsque le Prêtre a communié au moins sous l'espèce du pain.

DE L'ORDRE DANS LEQUEL ON DOIT CHANTER AU CHŒUR.

244. — Les divers morceaux qui composent l'Office divin se chantent en *un Chœur* et à *deux Chœurs.*

245. — On appelle chanter à *deux Chœurs*, lorsque le côté droit et le côté gauche chantent alternativement.

246. — On appelle chanter en *un seul chœur*, quand les deux côtés chantent en même temps.

MORCEAUX QUI SE CHANTENT A DEUX CHOEURS.

247. — On chante à deux Chœurs le *Kyrie*, le *Gloria in excelsis*, le *Credo*, l'*Agnus Dei*, le *Domine salvum*, les Psaumes, les Hymnes, les Proses, *Inviolata*, *Te Deum*, *Domine*, *non secundum*, et généralement tous les Chants dont les reprises sont marquées par une double barre. Cependant, d'après les règles du Missel, le *Sanctus* doit se chanter en un seul Chœur.

MORCEAUX QUI SE CHANTENT EN UN SEUL CHOEUR.

248. — On chante en un seul Chœur les Antiennes, les Répons, Introïts, Graduels, *Alleluia*, les Versets pairs des Traits, les Offer-

---

toires, les Communions, le dernier *Kyrie*, lorsque le premier Choriste va annoncer le *Gloria in excelsis*, le *Sanctus*, les Antiennes de la Sainte Vierge après Complies, *Ave verum*, etc.; les reprises ou Répons de tous les morceaux qui sont entonnés, chantés par les deux Choristes ou autres.

L'officiant entonne seulement *Deus, in adjutorium meum intende*, et tout le Chœur poursuit jusqu'à *Alleluia.*

OBSERVATIONS GÉNÉRALES

POUR BIEN CHANTER DANS UN CHOEUR.

249. — Il faut, 1°. ne point forcer ou contrefaire sa voix naturelle, évitant aussi de tomber dans un excès contraire, en chantant négligemment et en ne soutenant pas assez sa voix ;

2°. Modérer tellement sa voix, qu'on puisse chanter longtemps sans se fatiguer, faisant attention à ne pas lui donner trop d'éclat à certains passages ;

3°. Écouter ceux qui chantent avec nous, afin de prononcer tous en même temps la même note et la même syllabe ;

4°. Éviter, autant que possible, de se reposer au milieu d'un mot : rien n'est plus désagréable ni plus contraire à la gravité du chant ;

5°. Observer exactement le repos de la *médiante* dans la psalmodie, et ne point commencer un Verset que le précédent ne soit terminé ;

6°. Enfin, chanter alternativement les endroits de l'Office que l'on ne chante pas en un seul Chœur (N°. 247.)

DE LA TRANSPOSITION.

250. — Nous avons vu (N°. 97), que tous les modes sont basés sur une certaine note fondamentale qu'on appelle *finale* ou *tonique*, si l'on change cette note en une autre supérieure ou inférieure, en conservant à l'octave de cette nouvelle note finale le même ordre de tons et de demi-tons que dans l'octave primitive, le mode sera *transposé*. Par exemple, si l'on veut transposer l'octave d'*ut* en *sol*, il faudra mettre un dièse sur le *fa*, et l'octave de *sol* sera parfaitement semblable à l'octave d'*ut*. Si l'on transpose l'octave d'*ut* en *fa*, on mettra un bémol sur le *si* et l'octave de *fa* ressemblera à l'octave d'*ut*. Il en est de même de toute autre transposition.

Ici se borne notre tâche : car nous n'avons eu d'autre but, en composant cette Méthode, que de démontrer les principes du *Plain-Chant naturel* qui, selon nous, doit suffire aux Élèves de nos écoles primaires.

AMIENS. — Typographie de CARON et LAMBERT.

QUESTIONNAIRE.

Quelle est l'origine du plain-chant? 1er. (1).
Qu'est-ce que le chant en général? 2.
Qu'est-ce que le plain-chant? 3.
Qu'est-ce que les notes? 4. — Combien y en a-t-il? 5.
Qu'est-ce que les lignes? — la portée? 8.
Qu'est-ce que la gamme? 10.
Qu'est-ce que les clefs? 11. — Combien y en a-t-il? 12.
Sur quelles lignes se place la clef d'*ut*? 15. — la clef de *fa*? 16.
Qu'est-ce que solfier? 16.
Quel est la valeur des notes? 18. — du point? 20.
Qu'est-ce que les barres? — Combien y en a-t-il? 24.
Qu'est-ce que le guidon? 28.
Qu'est-ce que la mesure? 29. — Combien y en a-t-il de sortes? 30.
Comment se bat la mesure? 31.
De combien de notes se compose la mesure à deux temps? 35. —
   à trois temps? 36. — à quatre temps? 38.
Qu'appelle-t-on degré? 42. — Combien y en a-t-il de sortes? 43.
Qu'est-ce que le degré conjoint? 44. — Le degré disjoint? 63.
Qu'est-ce qu'un ton? 45. — un demi-ton? 48. — Combien y en
   a-t-il? 49.
Qu'est-ce que le bémol? 52. — continuel? 55. — accidentel? 56.
A quel intervalle s'applique le bémol? 57.
Qu'est-ce que le dièse? 58. — A quel intervalle s'applique-t-il? 60.
Qu'est-ce que le bécarre? 61. — Où se place-t-il? 62.
Qu'est-ce qu'une seconde, une tierce, une quarte, une quinte, etc.? 64.
De combien de tons se compose la seconde? 66. — la tierce? 68.
   — la quarte? — la quinte? — la sixte? 73. — le septième? 75.
   — l'octave? 76. — Donnez successivement des exemples de tous
   ces intervalles.
Qu'est-ce que le solfège? 77.
Quelle marche faut-il suivre pour l'intonation et l'application de la
   lettre aux notes? 81 à 88.
Quelles sont les règles pour chanter purement? 89.
Qu'est-ce qu'un ton ou mode? 90. — Combien y en a-t-il? 91.
Comment se divisent les modes? 92 à 95, 101 à 105, 108 à 112.
Qu'appelle-t-on finale? 97. — dominante? 99. — Combien y en
   a-t-il? 98, 100.

---

(1) Le Numéro de la question correspond au Numéro de l'article ou de la règle.

9 782329 667676